【代序】

# 藍鳥——阿爾伐*

天空中有一種藍色的小鳥，體軀像飛螢一樣細小，羽毛似天空般蔚藍，所以地上的人們看不見牠。但是人們可隱約地聽到牠美妙動人的歌聲。

這種小鳥自出生伊始即不停地在天空飛翔，不停地歌唱。牠們永不著地，也不棲枝。有一天，當牠力竭而落地之時，也就是牠生命終止的時候。

文學之美，在於其悲劇性、浪漫性及反叛性。文學創作的道路，孤寂而漫長，痛苦而快樂。它的報酬微不足道，然而它的歌聲卻清脆，幽遠而悅耳。

*「阿爾伐」Alpha，是第一個希臘字母。

# 第一輯

# 城南少年遊

我站在鑲著細黑鐵條方格的窗前，望著窗外異鄉淒迷的雨季，絹絲細流沿窗而下，輕柔的滑過我體內，猶似春夢，不著一點痕跡，而卻凝匯成一條遙長的水線。

於是，我憶起了臺北的童年，夏日黏熱的午後，和幾個稚年的妹妹被陣雨困在屋裡，默然站在木製日本式窗前，凝視著雨滴成串墜下，那也曾是一條晶瑩閃亮的細流，和緩而平淡的流過我的軀體。奇怪的是，相隔了幾十年的歲月，千萬里的汪洋與大陸，那種微微顫動的感覺，卻是了無變異，毫不陌生。

站在植物園後門，一眼就可看到愛國西路和中華路交口處的小南門。由那座活進二十世紀的清代城樓沿愛國西路東行，穿過重慶南路和女師專*的南垣，到了南昌街口，

* 今臺北市立大學。

又可看到面對女師附小*的另一座城樓——南門。如果向南行，越過舊時貫穿廈門街的鐵道，就是昔稱淡水河的新店溪，溪上跨著通往永和的川端橋（今中正橋）。這塊街域隸屬古亭區，包括了植物園，建國中學，國語實小……等等。

我的童年就是在城南這塊略大於一平方公里的街域裡度過的。臺北的變化太快。年事漸長，記憶逐漸散失，城南那段日子，如果不記載下來，終將雲消霧散。許多年前，當我的母親還年輕時，她曾寫過一些文字，追憶她在北京的童年往事。

我的母親是臺灣人，日據時代隨外祖父和外祖母由臺灣遷往中國大陸，她的「城南舊事」在北京。我出生於北京，卻是在臺灣長大，我的城南舊事在臺北。

民國三十八年，內戰失利，大批軍民緊急撤退到臺灣，頓時住屋分配不足，我們只得和王家同住在重慶南路三段十四巷口的一幢日本式房子。房間窄小，內鋪榻榻米，不能擺設多少家具，寢具放在紙門後的壁櫥裡，晚上拿出來鋪在榻榻米上睡覺，夏天掛一

* 今臺北市立大學附設實驗國民小學。

朵蚊帳。我的父親大學念的是外文系，卻是個典型的中國文人，安貧樂道，喜歡喝茶，在家裡穿一種寬鬆繫褲腰帶的中式衫褲。他最大的樂趣似乎是在他那間三席大小的書房兼臥室裡寫文章及看書。案頭及榻榻米上堆滿了書籍雜誌。我和幾個妹妹有時進去翻翻，看看圖片。他不在，撕幾張下來疊紙人。

紙門邊是一條木柱，父親在我們伸手不及的高度打了一隻小釘子，釘子上掛著一隻手錶。那隻錶也是一座鐘，因為當時物資匱乏，全家就那麼一個計時器。手錶屬粗馬錶，每年起碼要上一次油，否則就不走。錶帶是淺灰夾帶淺藍的塑膠帶，顏色俗氣固然可想而知，錶帶稍用力一拉，還可伸長，放了手又慢慢縮回去。父親出門時由釘子上取下來戴上手腕，回到家再掛回去，母親也是如此。我出去玩則不戴手錶，因為踮起腳也搆不到，同時也不需要有時間觀念。妹妹們更是不必，因為她們根本看不懂分針和時針的標示。

到了我進入小學五年級，生活得到改善，父母買了新手錶，那個粗馬錶就歸我了，是我此生所擁有的第一個比較貴重的財產，但是卻在一次幾乎沒頂的游泳後被人摸走。

家裡有張小小的舊書桌，似乎是母親的堂兄汀烈大舅送給她的。大舅的名字很大和味，他在日據時代服務於「放送局」，也就是中國廣播公司的前身。我們六席大的客廳裡只有一張日式矮腳四方桌，客人來聊天盤腿席坐，也很大和。幾年後添置了許多新家具，那是因為我父親中過一次愛國獎券，大概是合幾個月薪水那種中級獎，因為我不記得家裡有過暴發戶的場面。

日本房子院子緊窄，用一道竹籬笆和大街隔絕。籬牆外陽溝邊長了棵番石榴樹，夏季結滿番石榴，不等成熟，路過的小孩就爬上去採光。小孩在樹上搖搖欲墜，隨時可以斷枝跌下，也給屋裡的人造成相當的困擾。每年夏天，我父親要和樹上的孩子們就樹的屬權問題展開辯論。孩子們認為樹長在牆外，誰都可以上去採果子，我父親則強調在陽溝這邊就屬於我們家管轄。小強人們不讓步，每年要辯論一夏天，直到有一年颱風把樹和牆一起吹倒。

十四巷是一條寬不及三米的窄巷，巷內大多是獨門獨院的各機關宿舍，清一色日式平房。主要的機關包括電力公司和法院。電力公司職員多屬福州籍，因為當時的總經理是福州人。我也因而從玩伴那兒學會一些永遠不能被外人了解的福州話。現在只記得吃飯叫「塞崩」，玩叫「卡六」。否定式則用「一乃」表示，所以不吃飯叫「一乃塞崩」，不玩叫「一乃卡六」。我和王家的老二小方是那種到處捅蜂窩，壞事幹了不少的小孩，巷子裡的大人看到我們倆就頭痛。我們年紀小，但是也有自知之明，兩人有一次到斜對面去敲門，一位老太太應聲開門，看到我們倆立刻皺起眉，急促的搖手，連續說了幾聲：「一乃——一乃——一乃……」我倆一言不發掉頭就走。

還有一句話和英文很像，「醬油都沒有了」叫 see you tomorrow。

巷子裡全是大陸遷臺的外省人，只有鄰長是本省人。言語和習俗的隔閡使他對巷子裡的公務和住戶漠不關心，見了面頂多面無表情的點個頭，連寒暄都免了。只有我們家有臺籍，鄰長太太有時來找我外婆，兩人坐在玄關上用閩南語和日本話聊天。彷彿記得，外婆住在我家那一陣子，她大部分的朋友都操閩南語。她是個帶有一點兒日本味兒，典型的臺灣老太太，儉樸、整潔而有禮。也是個平凡的典型中國婦女，不到三十歲開始守寡，帶了一大堆孩子辛苦過日子，從無一句怨天尤人的話。

有時我們出去叫三輪車回家，外婆總是告訴車夫拉到「龍口町二丁目」。

當時二二八事變的陰影仍然存在，本省籍與外省籍絕不通婚，我卻是在這樣一個微妙的環境裡成長：父系是外省人，母親是臺籍，念的是國語實小，大部分的親戚又是臺灣人。

那時的「龍口町二丁目」尚未鋪柏油路，在重慶南路三段十二巷和泉州街五巷之間有一塊蔬菜田，四周籬牆上爬滿牽牛花和鮮紅色的燈籠花，我們一早上學沿街走過就順手擷一些花。早春三月臺北的清晨沐在一層溫濕的薄霧中，青綠的蔬菜田散出新鮮的朝氣，再加上小鳥的呢喃，那是一種很美妙的感覺。韓國詩人許世旭曾說過「臺北是一隻雲雀」，我想那隻雲雀早就飛走了。

後來蔬菜田蓋起一排像是違章建築的灰房子，變成許多收入不豐公教人員的蔽身之所，也有了街上唯一的一間雜貨店，糖果、麵包、龍口粉絲、罐頭、草紙一應俱全。一星期七天，一大早就開門。主事人是兄弟倆，哥哥態度溫和，臉色慘白，據說原本是空軍地勤人員，經年累月在防空洞裡上班，潮氣侵蝕了身體。弟弟大板牙、禿頭，操江浙口音。小店對熟客戶採餘帳制度，用藍皮面的英文單字本記帳。以後那個哥哥娶了一個愛看歌仔戲的女人，最迷的角兒是小艷秋。那女人平板的臉上塗著鮮紅的口紅，白粉搽得不比戲裝上的小艷秋少，又有一層油光，究竟是先搽油再抹粉，還是先抹粉後上油，常是我心裡的一個疑問。

被喚作老闆娘的年輕女人還有一大堆姊妹淘，常來探望她，一起出去逛街和看歌仔戲——大概是很要花錢的那種事。後來小店開始在附近街坊搞會，彼時大家的收入都不好，入會的人卻不少，究竟是怎麼樣的一種心理，在經濟上是哪種打算，我不清楚。

有一天早上我拿了那個英文單字本去買配稀飯的小菜和鹹蛋，店沒開門。一小時以後再去，木板門還是緊閉著，門口圍著一大堆人——店已經倒了。

說是因為負債太多，兄弟倆和那個女人逃到南部去，所有上了會和借錢給小店周轉（也許是投資）的人都吃了虧，我們家卻還落了一點小便宜——英文單字本上的帳要到月底才結。

後來附近的小孩都在傳說，負債的原因是老闆娘花了太多的錢請客和看小艷秋的歌仔戲。

大概是年紀太小，又是比較胡塗的小孩，我的小學生活永遠是遙遠而模糊的。印象中，建國中學的紅磚大樓俯瞰著國語實小的大操場，中間是一大堆斷垣殘石，橫七豎八的亂堆成一座小石山，上面長著野草。這些二次大戰盟軍轟炸的廢跡，卻因內戰的混亂而多年不得清除。實小後院臨近和平西路的牆邊挖滿了防空壕，雨季壕內積水盈尺，乾季實小的男學生在壕內作騎馬戰。

有一年，實小課室的玻璃窗貼上米字白紙條，據說這是為了防禦共軍的空軍渡海轟炸，白紙條可以減少震碎的玻璃碎片傷人。

重慶南路三段的大街上也開始有消防訓練和演習。負責訓練的是一個體格壯碩、面孔黝黑的本省籍中年漢子。他的表情很嚴肅，頭上戴著一頂暗綠色的呢質日本野戰軍帽，似是當年參加大東亞聖戰倖而生還的士兵或軍夫。

中年漢子外八字走路，用帶有濃厚臺腔的國語向消防隊員發口令，不但訓練認真嚴格，而且隊員的動作一致，面部表情和回覆命令雄偉的聲調，讓人錯覺是置身於一部日本現代戰爭片中。如果和《火燒摩天樓》裡那些美國救火員的自在、紊亂，個人英雄表現來比，卻又有點小題大作的感覺。

十四巷口是個三輪車班頭，車夫們的年齡大致和戴小呢軍帽的漢子相似。這些人平日個個閒散無聊，不是用車馬炮打四色牌或在牆角小便，就是斜躺在車座上哼歌仔戲小調和東洋歌曲。有年輕標致的女傭走出巷子，呼聲更是不絕於耳。他們似乎受到皇軍本土決戰式訓練的感召，思古之情油然而生，也紛紛自動要求納入訓練組織。戴小呢軍帽的漢子面有得色，權威性的點頭讚許。當然，能夠被納入體系應是一種很大的光榮和恩惠。

站在路旁參觀的，除了大批小孩、女傭和無所事事的老人，也偶爾有幾個住在機關宿舍裡的男人。我不知道他們在大陸上有沒有看過日本兵操練，但眼神裡顯然對那頂日本軍帽頗不以為然。

小時我曾和母親回到她中部的家鄉，也看到一些鄉親戴那種皇軍帽，外八字走路。有一次一個新進的三輪車夫在回覆命令時，不小心脫口而說出一句簡短的日本話，立刻引起其他隊員嘖嘖讚許，戴小呢軍帽的漢子稍微搖了搖頭，嘴角擠出了難得一見的笑容。一個站在路邊參觀的男人出了一聲：「媽的。」憤憤然掉頭就走。

小學生有個大願望，就是起個大早趕去學校搶第一個敲大門。我由家裡走向國語實小是穿過十四巷到泉州街，再由泉州街左轉入南海路，走到盡頭就是實小。泉州街上一大清早總有空牛車經過，我們這些男孩就跟在車後，然後倒掛在牛車尾板上。個子小，有時一輛牛車後面能有三個小孩倒吊車尾。這些倒掛在牛車上的小孩，有的現在是大學教授、影視紅人、政經界要角；也有一個在地方民意代表選舉中「吊車尾」。

如果起得特別早，偶爾會在泉州街上遇見軍用大卡車，押著五花大綁的人立在敞篷後座的前排。那是送去川端橋旁馬場町（現今「青年公園」）處決的犯人。我想大多是為了替共黨作間諜，其中甚至可能包括我們認識或知道的人。

那些人的年齡或面部表情我從未仔細注意過。他們面臨死亡，站在卡車上想的是什麼？榮耀、壯烈、視死如歸？還是悔恨、被騙、不值得？有些人該是很年輕，他會知道為什麼要斷送如此年輕而美好的生命嗎？

戰爭的陰影仍然籠罩著臺灣，孩子們則生活在一個沒有空氣汙染，沒有滿街汽車，只有燈籠花和晨霧無憂無慮的世界裡。生活普遍的艱苦，物資匱乏，但唯一讓我們擔心的，似乎是如何應付課堂上的功課。

入了中年級，那位老得連話都說不清楚的級任老師換成了年輕的陳老師，蘇州女師畢業，膚色白皙、性情溫柔，細聲細氣的講話，好像永遠不敢發脾氣，我想她該是屬於那種很令男士傾心的少女。面對我們這群吵鬧不休的小男孩，她是一籌莫展，我們也就鬧得更兇。如果她真生了氣，頂多嬌嗔的嘟著嘴，從不敢大聲罵誰。

陳老師開始教我們造句，她要我們用「偶爾」造個句子，我是個胡塗的小男孩，造的句子是：「森林裡忽然跑出一隻大偶爾來！」

春季遠足那天，陪伴陳老師來的是一位英俊挺拔的青年男士，穿著剪裁合身的淡灰色夏季西裝，和陳老師並排站在隊伍面前。陳老師向我們介紹那是她的未婚夫，我們爆出如雷的歡呼，男士彬彬有禮的向我們微微點頭，老師露出羞澀的淺笑。多少年後，我依然記得那個嫵媚動人的笑靨。

課程漸漸步入軌道，我們和老師變得熱絡，彼此有了信心，老師開始選讀《愛的教育》給我們聽。她溫柔的音調確是娓娓動人，我們也聽得入神，逐漸安靜下來。

我們越來越喜歡陳老師，不只是因為她的溫柔美麗，還有她不經意間流露出的愛和關懷。那個年齡，可能很難分辨一個小學女老師的愛和母愛。

陳老師在學期近結束時離開我們，她竟然感傷得無法啟口，背過身在黑板寫下她因病弱而不得不離開。全班同學看著黑板，頓時鴉雀無聲。在她步出教室時，許多同學已泣不成聲。

這是我第一次領略到離別的傷悲，也是第一次感受到「愛的教育」。

許多年後，我回到臺北看陳老師，她的幾個孩子都已長大，老師的先生卻以英年而罹不治之疾，行動言語失卻控制。老師長年在病榻旁伺候丈夫，身心俱疲，雖只步入中年，卻已滿頭雪白銀絲；老師已皈依為虔誠的基督教徒。

我和老師坐在向南的窗前，老師為我沏了一杯熱茶，窗外是臺北陰暗的冬季。我們談著實小那短暫的一年相處，談著這些年的人物滄桑和變遷，老師的音調仍然如往日讀《愛的教育》那樣平緩與動聽。「偶爾」，提到她以前的學生，老師臉上露出了光輝，嘴角出現了淺笑——光明的一剎那，飛快的閃回到那次春季遠足，老師和先生並排站在隊伍前，也曾是掩不住滿心喜悅的淺笑；而老師那時是那麼年輕，那麼美麗與幸福。

接替陳老師的是一個更年輕的席老師，梳著兩條大辮子，剛從新聞專科學校畢業，她教了我們兩年，實行新式的開放教育，對我們的啟蒙有相當大的影響。她常在課堂上講她剛看過的電影劇情，分析社會案件及世界形勢時事；這些和初中聯考無關的常識，是當時一般小學不屑一顧的。

席老師和陳老師在我們畢業後成為我們的朋友，協助我們度過那一段青澀、苦悶、混亂和反叛的青少年時期。不便和父母講的，不能和冷漠的中學老師溝通的，沒有顏面向同學傾訴的，都可在她們面前暢所欲言。

小學老師在各級教師中學歷最淺，待遇最薄，但他們肩負的教化責任卻最重，對少年人格塑造的影響也最深遠。

實小面對植物園，我們一下課就往植物園跑。當時國語日報在植物園一幢日本人遺留的「建功神社」裡，那裡置放客死異域的日人骨灰。國語日報遷出後，建功神社裝修為國立中央圖書館，以後又在附近加建歷史博物館、科學館和藝術館等。

夏季的植物園，池塘裡長滿了青綠的荷葉，有人說用荷葉煮粥味道奇香，所以，我們千方百計的要在池塘邊折一片荷葉，但是似乎永遠沒有小孩採到過，手不夠長，有幾個因此倒栽蔥掉下去弄得滿頭爛泥。樹上的蟬聲是另一種誘惑，用幾根竹竿連在一起，竿頭塗上瀝青，眼力好的一個下午能黏到四、五隻蟬，擺在火柴盒裡，用手指輕壓牠的背部就會出聲。

國語日報還沒有遷出前，我們到國語日報最開心的事是磨著一個年輕的編輯要他講故事。這個年輕的編輯斯文清瘦，臉上掛著一副細邊眼鏡。說話和和氣氣，不像學校裡的老師那樣老管著我們。他是屬於那種隻身在臺的流亡大學生。

這位林先生後來去考師範大學國文系插班生。他的文科程度雖高，數學卻奇差。師大國文系，數學科考試一共出五題，第一題是求由一加到一百這一百個數字的總和。林先生就由一加起，一節考下來，別人已作完五題，他那一百個數字還沒加完。

雖然如此，林先生居然也考上了大學，後來並用子敏的筆名寫了包括《小太陽》等幾本出色的散文書和得到中山文藝獎。而且也成為兒童文學專家。如果沒有我們當年磨著他講故事，他今天不會有此成就。

在實施九年義務教育之前，初中和小學代表著兩個不同的世界，一個在門外，一個在門裡，中間隔著一道聯考的窄門。然而，初中又似乎是高小的延續，尤其建中（當時還有初中部）和國語實小只是一牆之隔，兩邊的校長都是河北人，兩個學校都採自由式的教學與管理。

考上建中，在家裡看來是理所當然，我得到一枝美國製的自來水筆作獎賞（好像還有一雙皮鞋）。

這種興奮立刻被新的困惑沖淡——來自全市各國民學校不同家庭背景的新面孔；每個課目不同口音、年齡參差不齊的教員；操著河北鄉音，和我們有嚴重代溝的導師；還有那些怎麼唸都唸不出的、要命的英文；更具威脅性的是班上居然有近十個高頭大馬的留級生。

隔壁王家的兩個孩子，老大念建中高三，是個從不運動、永遠考第一的大頭（現在是中央研院院士，加州大學醫學院教授）。老二小方剛考上建中高一，玩的門檻樣樣精通。順理成章，我和小方變成了好朋友。雖然說不上什麼「生死哥兒們」，卻也在一起泡了三年，直到我考入建國高中，他也考入臺大電機系。但是建中的老師都說他是運氣好，瞎矇上臺大的。

小方雖然從來沒連過莊，功課卻一直不出色，可能和他哥哥一樣，真正的興趣不在理工，但是在那種環境的壓力下，又不得不如此。以後他雖在美國一流的大學任電機系教授，卻棄教職去拍電影。《北京故事》（*The Great Wall*）一片讓他在美國成為家喻戶曉的人物。他也是世界上唯一擁有電機工程博士學位的導演和電影明星。*

小方對我的功課並無助益，如果有，那就是英文。我和大多數初學英文的孩子一樣，無法唸出奇奇怪怪的字母組合出的生字。小方在課本上替我寫出中文或注音符號發音，譬如星期一到星期六是蒙臺，吐絲臺，瓦斯臺，奢侈臺，弗來臺和殺得臺，然後再加一個遜臺。他最大的一次手筆是替我把整課英文注為中文。第二天上課，兇悍的英文老師把我們一個個叫起來唸，然後罵，然後罰站。到了我時，我滿懷信心，大聲而流利的把全課用中文發音唸完，然後從容不迫的自動坐下。英文老師呆若木雞的站在那裡，張大了嘴望我，一句話也說不出。那種腔調，我想她只差沒昏倒在講堂上。

我勉勉強強的升入初二，和附近幾條巷子的孩子開始有較多的來往，晚飯後在街上閒蕩聊天的時間顯著的增加。這些孩子家庭背景和就讀的中學都不一樣。即使年齡上相

---

* 小方是《北京故事》的導演王正方。

差不過一、兩歲，有些已經發育，「懂得的事不少」。有些還是懵懵懂懂，和小學生差不了多少。

我們在街上常看到一個中年的女人從一條巷子走出來，身材略胖，穿著露臂膀的碎花旗袍、高跟鞋。她的臉我從未仔細注意過，只記得眼圈是青黑色，神情相當疲憊，永遠一副懶洋洋的姿態。有個年紀較大的孩子問我們知不知道為什麼那個女人眼圈是黑的，沒有人答得出。於是他壓低了嗓門兒，很神祕的告訴我們：「這個女人因為『縱慾過度』，所以眼圈是黑的！」聽到這種似懂非懂的名詞確是驚駭，雖未再深究，卻也趕緊奔相走告。以後再見到她走過，總有小孩會皺著眉頭很嚴肅，很權威的來上一句：「這個女人因為『縱慾過度』……」。其他小孩也會嚴肅的點頭表示同意。

在街上閒蕩的原因，是青少年時期逐漸開始獨立自主的生活，朋友變得重要。那時候臺北的人以腳踏車和三輪車代步，站在街上沒有被汽車輾過的危機。另外一個原因是正值發育時期，隨著生理的變化，展開在面前的是一個嶄新的世界。在家裡，這是個隱祕的內心世界，於是必須要到街上去和狐群狗黨交換情報和心得。情報的內容，大概不出愛情和性。

有一年寶斗里大拜拜，我大概是念初二，班上有個年齡較大的同學就住在那附近，邀了我們一批同學去「開開眼界」。雖然後來沒有膽子去成，卻也在他家大嚼了一頓。他的父母在三樓給我們開了兩桌酒席，每個人都喝了一點兒酒。酒後決議每人輪流說出心裡最仰慕的女孩子。班上兩位比鄰而居的同學，一致透露他們最欣賞的是對面裁縫店裡的一個念初中的女少東。這件事在課室裡曾經喧嚷過一陣子，兩個人也躲躲閃閃、守口如瓶的過了一年，任憑其他同學怎麼套也套不出來。那次真相大白，足足讓我們消遣到初中畢業為止。這種微不足道的事在當時為什麼會那麼重要，我想應和青春期男孩的心理狀態有關。

那天晚上我招認的是一個白衣黑裙的中山女中（當時也有初中）學生。我曾在初三那年騎腳踏車跟過她一陣子，並沒膽子真湊上去過。她是個漂亮又出名的女孩，雖然初三寒假過後從未再見過她，一直到高中、大學還常聽到她的點點滴滴；她是屬於學生界的四大名女人之一。多年以後，在國外某一社交場合又遇見她，經人介紹之後，面對眼前這個癡肥的歐巴桑，還有她身旁面目可憎的丈夫，頓時有人生如幻之感。

讀初中那個年齡，如果對某女生有意，是絕對沒有膽子上去約的，頂多寫信。寫信也有危險，可能被對方家長抄到。第一封信大多是稱某某同學（實際上並不同校），然後寫些無關痛癢的話。接下去大概是互勉努力讀書一類的小型八股。最後是敬祝「學安」：這兩個字是在尺牘上或小學國語課本上抄來的。這種信多半是單行道，但是居然也有人接到過回信，而且還魚雁往返數回合。於是接信的人固然寢食難安，周圍的親密戰友也被弄得茶飯不思。但是往往略有起色的時候，對方忽然來了一封哀的美敦書，大意跟第一封裡的「學安」有關，即大家年齡還小，為了不負父母期望，所以要「努力讀書」，不必再繼續通信了。

本來這種事該就此打住，少女的心捉摸不定，而長滿了青春痘的少男，其實面皮比紙還薄。要命的是有些回信裡居然有「請原諒我的苦衷」這種話，大家研判之後，一致認為是「好詞兒！好詞兒！」應該繼續幹下去！起鬨的和出招兒的儘管口沫橫飛，寫信的少年卻是比維特還煩惱，一副流水落花春去也的表情。此類韻事下場如何，是可想而知了。

不成熟的性教育，使得「生理衛生」在我們心目中有一層神祕和嬉樂的色彩，恰巧生理衛生教員又是個年輕的女老師，這下子上課可就有得瞧了。上那節課時，臺上的老師吞吞吐吐的敘述，臺下則低著頭竊笑。居然還有大膽的同學舉手發問，老師就脹紅了臉回答。好不容易挨過去了，我在旁邊又鼓動他：「再問！再問她一個問題！」於是發問的同學再度舉手，皺著眉頭，滿臉嚴肅不解的表情：「老師，我還是不太懂……」

開始長鬚毛的同學，也變成了注意和取笑的焦點。傳聞是拔了以後就不會再長，於是他們就偷偷的用指甲尖拔鬍子。後來又有人說，聽大人說拔鬍子會「倒陽」，就沒有人敢再拔了。也有人用冷茶泡便當吃，後來有個從中壢通學來的客家籍同學說，隔夜的茶會使男人產生「下消」的現象，新理論著實又嚇壞了不少人。

由於物資的匱乏，當時小孩子的玩具相當有限，也因為青春發育較晚之故，我到了初中二年級還趴在地上打玻璃彈珠。

我們在對街兩條巷子之間，未鋪柏油的一個弄子裡挖了幾個小洞彈玻璃珠。雨後弄的地乾了，小洞卻還有積水，用手把水撩出來，仍然可以玩。有時洞裡的水冒出騷味，那是因為有小孩故意往裡面小便。

弄子裡又有個支出去的小衖堂，裡邊一連數家黑幢幢低屋簷的矮房子，屋簷下的竹架上晒著衣服，一出門，眼前就是骯髒的陰溝，陰溝邊又是一堵後牆。那種潮濕、陰暗、緊窄充滿垃圾腐臭的環境，對我們這些孩子來說，似乎又是另外一個世界。我不知道那裡面住的人做什麼職業？夏日溽暑，他們要如何生存在那種環境裡？他們的孩子是不是要比我們堅強好鬥而又凶狠得多？

我們絕少進入那條陰濕的衖堂，但我知道裡面住的人有個沿街叫賣西瓜的，身材高瘦，嘴裡有幾顆金牙。他似乎外面有個女人，每隔一陣子，他太太就要在大街上向他叫罵一陣，然後兩人大打出手。他一邊打太太同時又一邊哄太太，軟硬兼施的手法和他向我外婆推銷西瓜的策略極為類似。

儘管他和他太太的鬧劇引起四鄰圍觀，第二天他仍然若無其事的到各家敲門，開瓜、講價、辯論，作假秤，連哄帶騙的把瓜塞給家庭主婦。

如果他有可愛的一面，那就是脾氣好和磨功強。每次到我們家來，外婆總以長者的語氣教訓他，教訓完了留一個瓜下來。他走了後，外婆總說瓜買貴了，以後不再向他買，但是第二天還會再買一個。

衖堂裡還有個年齡和我相仿，眉清目秀的女孩，氣質和她居住的環境完全不相稱。她的膚色細緻白嫩，像是天生麗質，又似是那種不見天日的慘白。她經常牽著兩個衣衫襤褸，和她一樣瘦弱的兩三歲小女孩走過。每次經過我們面前總是低著頭，催促著兩個小女孩快走。

女孩該是初中適學年齡，很明顯並沒有在上學。其他的孩子告訴我她是個「婊子」（又是個很時髦的新名詞），因為暑假過後，聽說她就要被送去寶斗里「見習」。

幹那種事是奇恥大辱，作「婊子」而長得眉清目秀更是令人失望與憤怒。每次她經過，我們禁不住要輕蔑的瞄她兩眼，在背後來幾句惡意的批評。而她躲躲閃閃，一副受氣小媳婦的態度更讓我們覺得理直氣壯。不成熟的道德感支配著我們對她的敵意與日俱增，最後竟是毫無顧忌的出言譏諷。她一定也聽到了，只要我們在，她就不敢再出來。

「看不到她，眼不見為淨——」話是這麼說，似乎又有些悵然，因為失去了一個無力還擊的敵人，也不見了一張清麗的面龐。

然而那個單薄的背影卻一直在我心中揮抹不去。想到她未來的日子，想到那麼柔弱的一個女孩子，我們卻用那樣的態度對待她。而更懊惱的是，我竟然不敢挺身而出，制止其他孩子對她羞辱——因為那會陷自己於一個比她更糟的地位。

再看到她時，夏日已近尾聲。開學前一天，最後的一次聚會，我在弄子裡等其他的孩子出現。等得無聊，退到屋簷下避太陽，無意中聽到一陣輕盈的木屐聲，猛一回頭，一定是把她嚇著了，她牽著兩個小女孩突然拔腿快跑，有個摔了個跟頭，坐在地上放聲大哭。她焦急的回過身拉她的小妹妹，而小女孩就是不肯起身，兩個人在那裡拉拉扯扯。她懼怕的看著我，猜測我的下一步舉動是什麼，汗珠從她焦急的臉上涔涔淌下。

望著這個受了驚、年齡和我相仿的女孩，心裡忽然有千言萬語想對她說。我要不顧其他孩子怎麼想，告訴她我對她的同情；問問她我能怎樣幫助她；叫她不必再躲著我們，我們只是一群紙老虎，什麼也吞不下……

走到她面前，幫她扶起地上的孩子，愣然望著她，張大了嘴，我卻一句話也說不出；都嵌在喉嚨裡了！

她對我突來的善意似是驚訝，牽起小女孩的手，感激的向我望了一眼，轉身離開。

我悵然站起來，蹲得太久，有點暈眩，那幾個熟悉而枯萎的背影反襯在戲劇化的白花花的巷口，我突然有一種如釋重負的感覺。熱刺刺的太陽照在我背上，彷彿聽到蟬聲，那麼，夏天也將結束了。過了夏天，她就要去了……

開了學才發現體格已在加速成長中，興趣也逐漸由孩童的遊戲轉移到體育上。幾個巷子的初中生合組了一支籃球隊，由有限的零用錢居然擠出一套球衣球褲來，參加自由杯少年組。隊名幾經折衝，最後定名為富有詩情畫意的「曉星隊」，意為清晨掛在天邊的星星，充分的反映了少年時期羅曼蒂克的心態。

「曉星隊」打了幾場，似乎是全軍盡墨。事後檢討並不認為是技不如人，而是名字取壞了。「曉星」與「小星」同音，就是別人的姨太太！

游泳是另一項熱門的運動。由重慶南路三段南行，穿過橫七豎八的一堆巷子，再經螢橋火車站和廈門街，就到了舊稱川端橋的中正橋。橋下淡水河緩緩流過。徐鍾珮女士在《我在臺北及其他》一書中對四周的田園景色曾有過刻意的描述：夕陽踱步橋上，堤邊白鵝引頸，牛兒啃草，犬吠偶傳，還有幾個花裙女孩在清澈緩流的河邊洗衣濯足（如今淡水河因為汙染而被易名為黑龍江）。但是徐女士忘記了，河中還有我們這一群載浮載沉的青少年哩。

當年橋下游沙洲上（也就是如今填平的青年公園）有個商辦的螢橋游泳場。但是為了省入場費，我們都在毫無安全設施的上游戲水。河水被採砂石的船挖了許多洞，每年總有一些孩子和年輕人沒頂。大部分的家庭嚴禁孩子去橋下游泳，父母檢查孩子有沒有偷偷去過的方法是用指尖在手臂上劃一道，如果有明顯的白線出現，那就是剛剛游過水不久。

我曾偷偷帶斜對面巷子念小學的三兄妹去玩過一次水，約好回家不准說開來，但是還是輕易的被套了出來，三兄妹面對窗口罰跪一小時，竹籬外大批小孩扒縫看熱鬧。

那個老二幾年後在省運泳賽中大放光彩。

念小學時，我也曾和幾個年長的孩子去螢橋釣魚。我沒釣桿，也不會鈎，他們分配給我的工作是用手指把蚯蚓捏成一小段一小段給他們作釣餌。他們盡興之後才借桿子讓我玩玩，以後我就不去了。

也有一年冬天，有一天反常的熱，我和小方忍不住相偕游到沙洲上挖竹筍。玩昏了頭，回程時天色已暗，氣溫下降，我在冰冷的河水中竟因肌肉收縮而小腿抽筋，即使忍痛奮力向岸邊游，仍然連喝了好幾口水，身子下沉，沒命的掙扎，我以為這下是完了，沒想到腳下忽然胡亂的踢到一塊軟綿綿的東西——原來是河底爛泥。我站了起來，水面剛好到下巴。小命是撿回來了。

早期的建中在賀校長領導下採取寬鬆的教學政策，可能是考進的學生素質高，有恃無恐之故。賀校長在抗戰時期做過敵後地下工作，也曾任河北省教育廳長，所以建中的教員以河北人為多。教員宿舍就在校內日本人留下的劍道場，號稱「河北大院」。

河北大院裡住著一位單身的外國歷史教員王老師，身量矮小，禿頭，兩眼炯炯發光直逼著你，什麼鬼花樣都別想逃得過。我們從來沒捉弄到他，倒是有時被他捉弄到。記得第一次小考因為準備不及，全班覆沒。王老師發布分數之前先聲明全班都考得很糟，很令人失望，「但是有一位同學考得很不錯，他考了九十分，他的名字叫……」當他念出我的名字時，我幾乎昏倒，自己心裡有數，實在很難相信有九十分，但是既然老師這樣講，也就很高興，有點意外之財的感覺。他說完在黑板上寫了阿拉伯數字一〇〇，然後接著說：「九十分就是一百分減十分。」說完用板擦抹去「一〇」留下一個「〇」字。然後他指著我大聲說，「這就是你的分數！」

王老師臉上從無笑容，說話乾脆俐落，句句擊中靶心。教課更是條理分明，把要說的全都推銷到你腦子裡，沒有任何雜枝旁節。他沒有文科教員輕鬆浪漫的特性，倒有點像後來我在以效率著重的美國大學工學院裡遇見的教授。這樣也好，起碼這一科高中聯考可以讓我們輕鬆些。但是在敬畏之外，大家對他的嚴峻和不通人情也頗為反感，另外一個原因可能是建中學生重理工、輕文法，這中間有複雜的社會因素和影響。

就這樣，在抱怨、緊張和飽受威脅的狀態下度過了一年。

外國歷史接近尾聲，有幾節課是講授二次大戰的中日戰史部分。前兩節課王老師一如往常，清晰的交代了中日之間的歷史關係和戰爭的進度，第三節課卻發生了不同尋常的景象。

進了亂烘烘的教室後，我們才發現門窗外站滿了高中生，這些高中生彼時幾乎全畢業於建中初中部。我們覺得很奇怪，但是闗於習慣，也沒人問他們站在窗外幹什麼。

老師開始上課後不久就導入正題，宣布這節課是專門講述南京大屠殺！他要我們永誌不忘這個近代中國歷史上的悲劇。

王師生動的描述了日軍在攻破首都南京城後那幾天的活動，困苦無助的中國人在裝備優良、鬥志旺盛的日軍刺刀下零星或整批的被凌辱屠殺，秦淮河、揚子江上浮屍處處，江水染成國旗的鮮紅色。那一代的人曾度過一個悽慘無告的年代，一個飢餓血腥的年代，一個潰敗羞辱的年代。他們的心境，又豈是我們這群在風和日麗的臺灣成長的孩子所能了解的。但是，我們也深深的被王師迴盪在教室中的悲壯聲調所震撼，全場屏住氣息，鴉雀無聲。轉眼窗外，來重溫這節課的高中生也一個個神情肅穆。

王師說著說著突然停頓下來，喉間重重的嚥了一口口水，努力的忍住即將奪眶而出的淚水，他背過身去，無意識的低首用板擦在黑板上輕劃，良久不能轉身面對我們，坐在前排一個住眷村的同學，已泣不成聲。

就在那一刻，王師平時在我們心目中冷酷無情嚴厲的感覺一掃而空；我們從未和他如此接近過。

多少年後，建中校友在海外話舊時，也會念念不忘提到這著名的一課。前兩年和建中同學某君重提此事，他當年念的是最好的一班，班上同學有多位直升保送臺大醫科和工學院。他告訴我他印象最深刻的是當王師轉身低首不能自已時，班上兩個優等生卻在竊竊私笑，看這個道貌岸然的老師居然也有失態動情的一天……

這使我想到，知識教育和人格教育究竟孰重孰輕？我亦好奇：那兩個優等生究竟後來成為社會中堅，還是人精之精？

建中東北角鄰近如今美國文化中心的地方，原是一片空地，沿著牆邊挖了一些防空壕，上面有大榕樹遮陰，是個理想的遊樂談天場所。防空壕邊初一前五班的教室一字排開。每年總有幾次空襲演習，那也是最快樂的一段時光。警報聲一響，初中生完全忘了平日師長諄諄訓誡的演習規定，興奮的大聲喊叫，擻開老師衝出教室，有人往前跑，也有人往後跑——因為事情發生突然，忘了攜帶隨身法寶啦！最後以從戰爭片學來的姿態躍入防空壕，掏出隨身法寶來，總要在壕裡玩樂一陣子，直到警報解除。

到我們升入初三，防空壕填平了，空地上蓋起平房，租給協防的美國空軍第十三航空隊，司令是一位黑人空軍准將。美國人個性率直友善，和建中雖有一牆之隔，卻也和天真的學生建立起不成熟的友誼。大多數的美國軍人年輕活潑，玩心重，很像一群大孩子。到了農曆新年期間，他們又和隔牆的留校僑生以沖天砲互相攻擊，玩得不亦樂乎。

這個蜜月期沒有維持太久，住在北投的美國陸軍雷諾軍士，和劉自然君糾纏不清的關係，最後導致劉君被雷諾軍士槍殺斃命。而美軍軍事法庭竟在歡呼聲中宣判雷諾軍士無罪，五二四事件因而在臺北街頭爆發，這是大陸棄守來臺後第一次的街頭事件。位於北門附近的美國駐華大使館在當天下午被憤怒的國人砸毀，晚上又圍攻中山堂旁的臺北市警察局，流血事件因而無法避免，有兩個建中學生倒在血泊中，肩上還背著書包。

衛戍部隊開入城，驅散了人群，我們才由中山堂蕩回南海路，一路上內心澎湃不已。國家、民族，王師悲壯的南京大屠殺……一下子全湧到了眼前。

十三航空隊門前已是黑壓壓的一大群憲兵，有一輛旅行車正由門內駛出，大家一湧而上，攔住車子，有人大喊：「翻掉它！」憲兵的人數遠超過學生，卻能表現出相當的自制（在那個時代是很不容易的一件事），一再的說好話勸導學生離開。我們看到駛車的是一位女士，也表示絕不傷女人和小孩，讓車子安全駛離。實際上，車的後座有毛毯蓋著一個男人。

第三天學校停課，武裝部隊進駐校內，學校對面的植物園大門口，面向建中架起一挺輕機槍。

那年夏天，同學和少年的夥伴走上了不同的旅途。不管考上明星高中或昂貴的私立高中，只要塵埃落定，其餘的事就讓大人去憂心了。但有些少年夥伴的道路卻是坎坷而艱辛。

住在小雜貨店附近一個高瘦、沉靜、有點娘娘腔的男孩，和我們小學同班。他愛哭又喜歡和同班的女生玩（那是一種很令我們不屑和敵視的行為），他溫順細膩的性格，更給了我們攻擊和找欒子的機會。進入初中，他念夜校，但是週末和寒暑假總還是在街上廝混。我逐漸發現附在他身上的藝術氣質和多愁善感的個性。他的父親和他一樣高瘦，文質彬彬的書生，據說在情治單位擔任文職工作，境遇似乎不很好。他像大多數具有藝術氣質、充滿幻想的男孩一樣，創造力超過學習力，功課總是跟不上。

高中聯考榜上無名，那個暑假他一直躲著我們。但是他的存在與否，永遠影響不了什麼。他是個幽靈，是一頭孤鷹，沒有人注意到他。有幾次，我想到去看看他，也有點好奇，他到底作何打算。轉念之間，似乎又覺得他的命運一向是注定的，又何苦多此一舉。

開學前幾天，雖是夜晚，臺北依然罩在濕熱的籠子裡，我終於忍不住，敲他家臨巷的窗子，把他叫了出來。

我倆站在搖搖欲墜的街燈下，好一刻無言相對，四周蚊蚋之聲盈耳。他比我高出半個頭，昏暗的燈光把他的脖子拉得更長。他腦後有一圈光暈，讓我有一種很好笑的感覺——想到了在洋畫片上看到的耶穌受難圖。

「家裡孩子多，他們說無法負擔私立中學的費用，所以只好輟學。」他開了口，聲調沙啞一如往常，像是個成熟而單調的中年人。「家裡認識個人，在一家小印刷廠工作，他們說要送我去那兒做學徒，還可對家裡有些貼補。」

街頭傳來賣餛飩清脆的竹片聲，看我無言，他繼續那個年輕而又蒼老的故事，臉上寫著茫然。

他的喉頭抽動了一下：「你們……下星期要開學了……」

我點點頭，想到此後歡樂的世界不再屬於他；此後他的青少年黃金歲月，將要消磨在油墨、粗話、滿地髒紙和師傅的怒聲斥喝裡。我們站得如此近，眼前鋪開的卻是幽明相隔的兩條路。

因為成長於一個文人的家庭，我自小就觀察到家裡來往的文人和藝術工作者天真無助的特性；他們熱情，憤世，不懂得用手段，心腸不夠狠，也不知道如何保護自己，甚至不知道怎樣照料自己和家人的生活。我隱隱的看到，他也將走上這一條相同的路，更讓我迷惘和感傷的是，以他出自一個讀書人的家庭，卻將徘徊於弦歌不斷的窗外，艷羨的看我們度過那段黃金年華，那將是何種的滋味呢？

我們在螢橋下的淡水河裡大游大鬧時，他只敢在岸邊淺灘處，用簡單的蛙式來回划划水。他告訴我他常練習用一隻腿游，為的是預防哪天抽了筋，他還可以用另一隻腿游回來，他又曾告訴我，如果有一種死的方式不會帶來任何的痛苦，那麼，他願意就此了斷。

那是聯考放榜前的事，我當時並沒想到他說這話時的心情。多少年後，當我為人之父後，才斷斷續續的把這些事聯結起來。而那段少年期的青澀，早已隨著時光飛逝而去了……

念感師恩，天長地久，別師兮淚涔涔，前途茫茫，何時相見，相見兮在何方……

驪歌聲中，我告別了如夢的年華，歡樂的笑聲，步向另一段落英繽紛的啟程。人生本多聚散，那些曾是相識的人物，一個個從舞臺上消失，多少年後，卻又乘著雲雀歌聲的翅膀，栩栩如生的回來。

我走過城南的大街小巷，我走過我少年的歡笑與迷惘。臺北的城南，城南的臺北，那些浮光掠影，遙遠而親近，熟悉而陌生。他們在我四周飛旋，久久不去。於是，我想，我要把它們寫下來，寫在我多雨的窗前，寫在我庭院的深處。

# 年輪

## 1

初來貝城的那一天，車站飄著細雨。幸惠站在月臺上，我由最後一節車廂提著帆布袋跳下來。雨絲似是散落的杏花，無聲無息墜落。月臺上冷清清的，只有我和她。已是向晚的淒濛，她髮上凝聚的水珠卻晶瑩剔透。

「我和你堂姊初中同班，在清水一起長大的。」她的聲音細脆，身材修長，向我淺淺一鞠躬，雙手貼在腿前，那是電影上日本女人的姿態，在臺北街頭看不到的。

我們並肩走向她的車子，皮鞋踏在石子路上，發出細碎的跫音。她抬起右手，微指遠處一輛孤零零停著的藍車，白皙的手臂上微現著青細的脈絡。

「這個城一定很安靜。」我說。些許微雨更增添了小城的氣氛。

她半側著頭，嘴角透出了似有若無的淺笑，想是已會意到我心裡想的。

那一夜我把床移近窗邊，開了窗睡覺，背脊上依然涔出汗來。窗外的雨時下時停，我也時睡時醒。

過了半夜，雨居然停了，但是並沒涼下來，反而更加悶熱。不斷的蟲聲、蛙鳴續上了雨聲，瞬時又回到了南臺灣迷失的炎夏。初抵異國，心情的複雜更是清晰：暮色中的古城，夕陽下的鳳凰木，鮮紅的鳳凰花（傳說那是由失戀自殺少女的鮮血長出的），車水馬龍的臺北夜晚，似曾愛過又似無情的女孩，野戰步兵師的對抗演習，中央尖山最後的一段碎石坡……許多毫無關聯的人和事物，一幕又一幕的閃過。挨至曙光初現，枕套已被汗水浸透。剛離開潮濕悶熱的亞熱帶，卻又來到了另一個悶熱的異域。

誰知，那已是貝城最後的一個夏日了。

開了學，楓葉在一夜之間轉換了顏色，街的盡頭，離大學十分鐘腳踏車行程的空地上，一連十幾間簡陋的平房圍成一個半月形，稱為「月屋」，住著一群來自第三世界（包括臺灣）的學生，間雜著一些美國學生和低收入的單身漢。中國學生組織了伙食團，下了課匆匆來吃飯。席間不多話，吃完就走，充分顯出理工科學生嚴格冷酷的訓練。

伙食團裡只有眉清目秀的小沈在國內念的是藝術。來後又違願轉念電機，由大一讀起。交往多年溫柔美麗的女友馬上要來美國，進入另一個有許多中國學生的好大學。

那個故事，是說過一百遍的故事，那條感情的道路，是一百個漂亮的女孩重複走過的。

日子在困惑、徬徨和不穩中挨過。幾乎每晚十一點，等我由系裡回來後，小沈就到我房間來聊天。家徒四壁，我只能為他沖一壺茶，然後靠在床上，聽他傾訴他的童年，他的愛情故事，他的苦悶和惶恐，偶爾，加進一兩句同情和勸慰的話，或是一點小小無濟於事的鼓勵。如此，日復一日，夜復一夜，直到兩筒茶葉泡光，「茶與同情」的日子才告結束。

那個秀麗的女孩並沒有來美國——在臺灣和一個有輛富豪轎車的歸國學人訂了婚。

## 2

在記憶裡並沒有秋天，亞熱帶闕如秋雨，也無梧桐和孤雁。而貝城卻四季分明，秋季似是毫無愁意。色幟鮮艷的美國學生穿著寬鬆舒散的衣衫，在校園裡追逐，在美式足球場上吶喊，在街上開敞篷快車。富足和快樂的前程等著他們。夾在高大活潑的美國青年中，也有一些瘦小，形容枯槁，掛著一副眼鏡的亞洲學生拎著書，行色匆匆的穿過校園。對比相當鮮明，心態不同更是一眼望穿。

月房的後面是一大片曠地，長著及膝的雜草。草下可能有水沼或爛泥，偶爾會飛出山雞和鳥雀。曠地的盡頭延伸著滿林的楓葉，楓葉已然一片鮮紅，那是點綴在機械化的生活裡唯一的浪漫色彩。

在書店裡和幸惠不期而遇已是兩個月以後的事，我卻以為她來車站接我只不過才隔了兩個禮拜。也許，這就是男人和女人的不同吧。

「一直以為你會來找我，」她說：「聽說你們屋後有一片楓樹林。」她猶疑了一下，希望我把話接下去。看我只點了一下頭，她又問了一句，「你……要去採一些紅葉寄回家嗎？」

我帶幸惠穿過屋後的曠地，雜草過腰，比我想像的要高很多，腳下的地卻是乾的。她的長髮被風吹散在額前，她側過頭來攏，我看到她小巧挺直的鼻子，漾著興奮水光的眼波映在白皙的膚色上。

樹林很深，午後的陽光完全被遮住，樹頂上的楓葉卻被照得清澈透明。林裡竟然聽不到風聲，也看不到樹尖的楓葉在搖動。四周深密而靜寂，有如一片鮮紅的海水，波濤層層重疊的靜止著。我倆低著頭，無言的穿過一層又一層的波濤——那些永無止境的，紅色的浪濤。

走了很久，腳下似是逐漸豁亮。偶然一抬頭，眼前竟是一方小空地，中間有株粗幹大樹，傲然孤立在層疊的紅葉中，比周圍的樹要高大很多。它的葉子是金黃色的，陽光照在上面，閃閃發光。

啊！那是美國同學口中相傳的雨樹！

雨樹來自中國，罕見於新大陸。聽說找到雨樹的人，就會找到愛情。那年我二十三歲，正在考慮是否應由工學院轉入文學院。

## 3

我從未再回到楓葉林去，也再未見過金色的雨樹。而初冬的蕭條已在不知不覺中躡步貝城。十一月初，降了第一次薄霜。

小沈在十一月底了斷自己。一個有文藝氣質，又不得不向環境低頭、優柔寡斷的青年。他是五專畢業，因為體重不足不需服兵役，死時應不足二十一歲。伙食團裡一個精力充沛，三十出頭已開始禿頂的電機博士候選人曾對小沈說過：「天底下女人多的是，不缺這一個。」另一個幫腔的更是驚人：「到西海岸去等她啊，飛機一到，立刻帶到小旅館去，就是你的啦！」

一個愛情故事，可以寫成一篇淒惻優美的小說，也可以描繪得醜陋不堪入目。

小沈空下的房間搬進一個起碼五十多歲的中國人，此公乃某公營機構派來短期進修的。頭不小，肚子也大，下面是一雙細細的雞腿（冬天在屋子裡還穿短褲被我們看到的），腿上有一條兩吋長的醜陋傷疤，因為名字中間那個字是「子」，所以被謔稱為「子公」。

子公是山西人，國字臉，飯後有用牙籤剔牙的習慣，發出輕碎咂咂的舌聲，而且當著洋人面前剔。子公自己舉炊，晚飯時在屋中置一小電爐（租屋合約中所嚴禁的），坐在爐前煨一小鍋雜肉、腸肚及青菜，邊煨邊吃。因為靠近電爐，所以得穿短褲。小鍋散出濃厚的中藥味道，隔兩間屋子也能聞到，據說是在燉補品。「子公進補」乃校園八景之一，也是茶餘酒後的一大消遣話題。

我們幾個和子公司同修一門工程數學課程，班上有來自世界各國的研究生，他的山西英語比班上的大和英語還難懂，鬧了不少笑話。雖是旁聽生，沒想到他卻好學不倦，頻頻發問。授課的年輕教授對這個來自異國的老學生一籌莫展，中國學生更是人心惶惶，不知國際洋相何時才了。

繁重的課業替代了一切的煩惱和鄉愁。唯一不慣的是寒冷的氣候。每天半夜騎腳踏車由學校回到租賃的陋屋時，手腳常已凍得麻木，打開煤氣火爐要烤上好一陣子才暖和過來。孤獨的坐在黑暗裡，望著熊熊火光，別有一番滋味。有一天，偶然抬頭一望，窗外竟已大雪紛飛，那是多年未見雪之後，第一次見到雪的興奮。當時忽然想起我出生的北國，第一次來到世間時，也曾是一個大雪紛飛的日子。

一連颳了幾夜凜冽的寒風，雪堆在路旁，車子輾過雪地，發出絲帛裂聲。午間，居然有兩匹馬拉了一輛雪橇，鈴聲不輟的滑過屋後的曠地。《齊瓦哥醫生》裡北國冰封的大地，順著樂聲，模糊的呈現在眼前。冬日是等待的季節，有人以為冬日來後，春天亦將不遠。他們卻不知，春季也可能是淌血的季節！

葉已脫落的楓枝像鋼刺一樣支錯在昏暗的天色中，枝上披著雪水凝成的冰條。遇到晴天，陽光照在上面發出萬道閃閃銀光，波芒在曠地上飛舞，耀目的強光逼得人眼睛都睜不開。

雪季將盡時，幸惠開車帶我去鄰近的波托勒山區。她把車先開到小火車站。下了車，沿著月臺走，一邊是山洞，一邊是延伸無盡的鐵軌，白茫茫荒涼的雪地上兩條平行黑線，既單調又乏味。

貝城緯度不高，由北方吹來含著濕氣的寒風被山區擋住降而為雪。這一段雪季並不漫長，我因為沒有買車，也沒裝電話，總有一種被封閉的感覺。時間和空間都被遺忘了，車站另一頭的山洞似是唯一通往另一個世界、另一個時間的甬道。

「為什麼要到這兒來？」我問她，她走在我後面半步，小碎步跟著，那種味道相當大和。

「記得川端康成的《雪鄉》開始那一段嗎？」她是個話不多的人，但是常會在她的眼睛裡找到答案。

一列火車由山洞駛進站，沒有老式火車頭的蒸氣，我倆無言站在月臺上，有些悵然。

「走吧。」她說。我看到微微顫動，細巧微凸的薄唇，像是春曉初破的蓓蕾，在露珠中蠕動。她轉過頭來看我，我心中一驚，趕緊收回目光，轉向鐵軌的另一端。

車子在積雪的山路上迴轉，幸惠越開越快，她的雙手緊握著駕駛盤，幾次用力壓捏它，手背鼓脹起來，像是要把那個塑膠圈子擠碎掉。幾次小小的打滑，她機警的煞車放緩，瞬時穩定下來，卻又任性的加速。我面向前方，眼角的餘光瞄窺著左側，見到她極力的控制自己，上齒咬著下唇，鼻孔微微抽搐，上面兩小片薄薄的顫動的膚皮，是欲振翼而飛的小蟲，努力的掙扎著要衝破那個桎梏的小世界。她該也是二十八、九歲的女子了。

車子停在山路旁的瞭望點上，走出車子，才發現山谷裡的雪景已被坡上幾株高大的松樹擋住。幸惠站在那兒不語，本不明朗的天空，已逐漸昏暗，由車側望去，她沒戴帽子，淺灰孤獨的身影溶在上昇山路的蒼茫中，似是正在被昏暗的天地逐漸吞噬。

「大概要降雪了，」我指著山路旁一處緩坦的斜坡說：「帶妳再上那個坡去看看風景我們就回去。」

坡上有稀疏的針葉樹，默然矗立在淺雪中。因為風向，山這邊積雪不深。她低首望了望靴上的雪花，隨著我穿過山路，向斜坡上走。

「在臺灣的時候常去爬山，但是從來沒在雪坡走過。」我把有護耳的帽子摘下來，轉身遞給她。她正低著頭注意雪坡上的踏足點，微微搖首示意，我把帽子戴回去。

她身上穿著厚重的衣服，走得很慢，我卻因初次踏在雪坡上的興奮，不覺加速了步伐，心想著要爬高一點，找一塊好地方俯瞰山下的雪谷。越往上爬，雪越深，腳步開始蹣跚，褲腳沾滿了雪，喘著氣，白霧的水氣由口中吐出。爬了一陣，停下來時，才發現雪片已像鵝毛一般由樹梢飄落。飄在帽子上，落在肩上，落在地上，輕盈而柔靜，反而有一種不真實的感覺。整個林子靜極了——降雪的時候最靜，幾乎可以聽到心跳的聲音，只是聽不到遠處的鈴聲。整個天地縮小了；凝聚在白花花的雪片網織的蛹殼裡，微妙的時間之流在身體和蛹殼內的小天地間循環，卻靜止於外界時間的巨流中躊躇不前。

轉身回望，幸惠站在粗大的道格拉斯樅樹旁，半屈著右膝。我已把她拋下幾十公尺，我喚了她一聲，她沒回答，半低著頭。

我遲疑了一下，很快小步跑下坡，雪片迎面飛來，腳下滑了幾次……越來越近，她依然低著頭，像是一具僵硬的石雕。我放慢了步，茫然停下來。雪片、樅樹、斜曳的坡、將暗的天色，我的心是密密麻麻，層疊亂織的網，找不到一隻線頭。

我倆默然對立在兩株樅樹旁，雪在我們中間降著。山谷在她背後，谷的盡頭是迷濛的天光，戲劇性的抹著一層淡紅的色彩，流著多少的起伏波折，多少的悲歡離合，那些不眠不休的歲月，風流雲散的前塵，昨日的歡笑，今日的痛苦，明日的寂寥……淚水順著幸惠的面頰慢慢流下，墜在新降的細雪上，她烏黑的髮上一片片的銀白，那些雪花是如此的輕柔與纖弱。

我們一定是站了很久，等她輕聲的啜泣完全停止後，林間已暗，似是快到晚上——已經是晚上了。山路上有一輛車緩緩駛來，我和幸惠分站在路的兩旁，車燈照出的光束穿過濃密的雪片，砌成一條雙層雕花欄杆。雪越降越大，山路、森林、天空完全籠罩在散溢的飛絮中。欄杆這邊有我和整個的世界，大片的曠野，男女老幼在草地上笑著、跑著、跳著，伸出雙手去接天上掉下來的雪花；那邊，欄杆的那邊走著幸惠——走著一條安靜的、藍灰色的孤獨長廊。

## 4

地下的積雪在不知不覺中退去，土地仍然冷硬。一架有駕駛座的大型自動割草機，把「月屋」後那片空地上的雜草全部除光，眼前突然一亮。湖水乾涸，露出了從未見過的神祕湖底。

開學後來了些新面孔，活動最積極的是查經班。胡弟兄和我高中同班，明知我不信教，而且有時考試作弊，仍然極力拉我去。「有很多女孩參加，都是很有愛心和靈性的！」只是那天到場有愛心的姊妹們外貌都不太可愛。弟兄和姊妹們坐在前面，後幾排是大批好色的「慕道友」，眼睛四下打溜，掛著失望的表情。

從不露面交際的子公也來了，雖屬慕道友，卻挺直的坐在第一排，表情相當凝重，碩大的身軀夾在清細的、有愛心的姊妹當中，很像一尊供在案前的活佛。從頭到尾，子公目不斜視，兩眼直瞪著牧師，簡直摸不透他是來幹什麼的。

子公預備學期結束前提前回國，大家總算鬆了一口氣，起碼國際洋相提前結束了。這年頭兒，你說你怪，就有人比你更怪！

「月屋」後的空地上開滿了白色小雛菊，中間夾雜著一些紫菊，陽光照亮那片花海，看久了，眼都睜不開。我們幾個站在後門聊天，每個人聲音都很大，小聞的葷笑話逗得我們腰都直不起來。

有人發現了新大陸——子公癡呆的站在「月屋」的另一頭——穿著他的短褲，他腿上的疤。

「子公，聽說你過兩天就要回去啦？」小聞向他喊道。子公似是點了點頭，沒答話，他活在他的回憶裡。

「子公，」我們沿著屋簷漫步過去，陽光照在右頰上。「我是說，這邊花兒開得可真不錯啊，臺灣可看不到喔！」小聞的聲調一定很驚人。對子公這種遲鈍的人，得大聲說話，同時話得說清楚。

子公這才轉過頭，從他的春秋白日大夢裡醒過來。他的眼神迷惘而沉滯，幾千斤的重石壓在他蒼老的身軀上。「倒是也看過這麼多花兒，」他慢吞吞的回答，「還在花堆裡躺了一天一夜呢。」

「子公風流，補品有效，真看不出啊！我們真該到子公的男性加油站去加加油。」小聞要把握這最後的機會大展身手了。「子公是在哪個堂子過的夜？」

子公看著小聞，苦笑了一聲。「倒不是那樣子的，是在大陸的戰場上躺了一天一夜。那時候只有十七歲，腿上被日本兵捅了一刀，流了很多血，背上也中了一顆子彈，到現在還沒完全拿出來。」他用手遮著嘴，輕咳了一聲。「在入行伍之前小學只念了四年半，先作勤務兵和連裡的雜兵，挨過不少打。熬到十七歲才補上一個戰鬥兵，也幹過好幾個日本人。殺孽重，想信個教，什麼教都好。你們對我的看法，我全知道。」我們不知所措的和他對立著，卻一個個低下頭，抿著嘴，避開他的眼神。

他的話開始紊亂了：「土，不怪你們，是土一點兒，在臺灣他們就那麼說。在這兒一年，鬧了不少笑話，很對不起諸位，給中國人丟臉。長大的環境和諸位不一樣，所以，那麼……」

天上有清淡的朵雲在飄，慢慢的，像個老人在踱步——飄向遠方。最後，會飄過大洋，飄到中國另一片有鮮花的大地上。那可能是山西，還是陝西？在中條山麓？子公曾躺在那兒等死的那片曠野。那時，他是個十七歲的兵士，滿身血汗的躺在鮮花織成的大地被褥上過了一天一夜……

因為年代已久，市政府通知房主「月屋」必須立即拆除。我倉卒的搬到校園旁一幢二層木造舊宿舍，分到一間像軍中樂園那種窄長的小房間，沒有窗子，有張單人床，一個書桌和一隻櫃子。但是開了門，走廊對面就是落地長窗，下面是停車場，柏油面上許多裂縫，還有拱起的圓塊，像是烏龜的背。伙食團的人喜歡到我房間來聊天——「就像來逛窰子！」大家高興的笑起來。

搬進來兩星期以後，幸惠來看我，已近深夜。我坐在床上靠著床頭，她坐在椅子上。昏暗的燈光在她背後，身形外緣套著一圈光暈，長髮像流水一樣瀉下。牆板很薄，我們要壓低了嗓子說話。她的窄裙下是一雙修長而又渾圓的小腿，相互交疊著，沒穿絲襪，每次輕輕一移動，白嫩的肌肉似是在抖顫。我把眼睛移向櫃子、牆邊、屋角，說話的聲音和心跳混雜不清，希望她快走，又希望她不要走。

「什麼時候畢業？」她漫不經心的翻著桌上一本書——裡面都是符號和公式，她看不懂的。

「這裡工學院的研究所可以不作論文，三個學期就可以結束。」我頓了一頓，又加上一句，為的是看她的反應：「已經在申請西部的學校，拿到獎學金，暑假過後就會過去。」

短短的一段沉默，心裡的雜亂和擔心越來越清晰，屋子是一座牢籠，窄小又擁擠，只容一個人的空間塞著兩個人，床和椅子之間的距離隨時可以縮短。我在床上轉個身，避免目光撞個正著。這樣，兩人幾乎平行坐著。同望著另一個床頭，感覺倒是有點奇怪。

「我會比你早離開，可能只再待幾個星期。」她輕喟了一聲，「他的母親年紀大了，需要人照顧。」

又是一段沉默。

「他做什麼樣的工作？」

「內科醫生，在臺中開了家醫院。」她的語氣很平淡，好像開一家醫院根本不算回事。

我幾乎是不知說什麼好，隨口問了個自己平時沒有想到，對她也是突如其來的問題：「有小孩嗎？」

她頭稍一低，本是在燈下閃爍的金色髮夾，瞬時變得黯然。「他……車禍受了傷，所以不能……」

我略偏過頭，目光由她的窄裙逐漸上移，滑過她的身軀，最後停在相互的凝視中——一個枯萎的世界。體溫積聚的熱氣，在屋內發散著，順著牆板一寸一寸向上爬。屋外夜晚清涼的空氣在樹枝間，在草地上，在星空中微微流動著。新的威脅帶著一點冒險的樂趣，讓人留戀，捨不得割捨。

「你還太年輕了。」她喃喃說道。

不，我知道我不。我在幸惠期待的眸光中成長，那麼緊張、惶恐、混亂不明的狀態，短短的交視，我知道我長大了很多，不再是一個二十三歲的青年。

山區的積雪永遠要比平地上的融化得慢。此時，臨近波特勒山區的幾條小溪已經漲滿了溪水。我買了一枝舊的霰彈槍，和住在隔壁房間的菲特遜去溪邊獵野鴨。他特地開了幾個鐘頭的車，回家裡的農場把獵狗帶來，好收集獵到的鴨子。

我倆沿著溪走，長筒橡膠套靴踏著爛泥，溪兩岸有成排的山茱萸，開著大朵粉紅的花。有些山茱萸的樹根浸在暴漲的溪水中，起風時，花瓣墜落，在水面上飄著。水流得不夠緩，野鴨不知匿在何方。我們用模仿鴨聲的塑膠玩具不停的引誘牠們，卻聽不到回聲。三個小時下來，一共只弄到兩隻野鴨，衣服都濕透了。

此後的一段日子，小雨不停的降，出太陽時也有雨飄下。我知，春雨的季節終於來了！然而，終日在那間沒有窗子的斗室中看書，牆外淅瀝的雨聲並沒有帶來足夠的煩惱，反而使我想到臺北，一陣小小的喜悅在躍動，雨聲竟是遙遠而親切。年幼時，彷彿記得外祖母說過日本人稱粉絲為春雨，多麼詩意而動人啊！後來，許多年後，我由南部回到臺北，她的頭髮白了、稀疏了，腳步蹣跚了。那批當年用閩南語和她大聲說話的，一個個凋零而去，或已是滿頭銀絲。她們細聲而和氣的談著往事，中間夾雜著幾句日本話。我在旁聽著，想到一種日本製的細麵，牌名「友白髮」，又是何等的悽愴美麗啊！

半夜，雨聲漸大，一把一把的銀錢在地上崩裂著。我知，山茱萸樹枝上的紅花必然紛紛墜落。踏著柔軟的春泥，我又回到了獵野鴨的小溪。黑褐色的禿枝交錯在溪上狹窄的天空，兩岸黑魆魆粗短的樹幹，像是多世紀被風雨溶蝕的廢墟上破舊的石柱，發散著淡漠無奈的微光。河面上飄滿了粉紅色夾著白色的山茱萸花瓣，靜緩而認命的順流而下。那似是燈節時分小孩子放在河上的硬紙船，每隻船上點著一隻蠟燭。一眼望去，點點燭光在歡欣的閃爍著，甚而隱約可聽到孩子們的嬉樂聲、歌聲、掌聲、輕盈的笑聲——節日的興奮洋溢在河面上，在粗黑沉悶的樹幹包圍的小世界中。禿枝上殘餘的零星花朵，偶爾還會悠然落下，自得的遨遊在歡樂的小天地裡。

越過溪面，我忽然看到幸惠穿著深色的衣服，在對岸踽躅著。隔得那麼遠，但我看得到她淡漠的表情，茫然的望著前方，完全沒有覺察到河心的喧樂。我大聲叫她的名字，要她轉面向河心。但是喉嚨卻卡住了，再用力叫也叫不出聲。幸惠依然沿著溪岸走，走得很平緩，我卻因興奮和心急而加步跑著，山茱萸在身旁飛奔而過。我要追上她，告訴她河心那個五彩繽紛的世界，我很有多話要告訴她，我從未想到的，現在一下子都湧上來了。

然而，無論我跑得有多快，腳在地面上飄飛著，大力的喘著氣，仍然追不上她……

## 5

纏綿不絕的春雨毫無察覺的在某一夜間忽然停止。春日已近尾聲，該開的花開了、謝了，落在地上化為春泥。空氣是清新的，陽光有時由雲縫中射出，雖是仍有潮濕清冷的感覺。宿舍旁那塊淺綠色泛著白斑的大石，足足有一人多高。陽光照在石上，冒著青煙，那是緩緩被蒸氣出的濕氣。

大石的另一邊緊挨著一家的白矮籬，籬內的庭園不小，房子卻是陳舊簡單的平房。院子裡沒有花，沒有草地，植滿了樹。長青樹上披著濃密的葉子，也有幾株落葉樹的枝上開出了新芽和一些稀疏的嫩葉。房主威爾頭髮已近全白，在學校郵局的窗口工作。每次去拿掛號信，總會和他聊上幾句，有時向我要信上的臺灣郵票。他告訴我他的雙親都來自北歐，他卻陰錯陽差的從未回到那個冰天雪地、有半年都是黑夜的原鄉。

威爾雙手沾滿了泥，每一鏟下去都掘出大片濕潤黑褐的泥土。兩棵新購的幼樹倚在短籬上，枝上已有新葉長出。我問他喜歡種樹是不是北歐移民家庭的傳統。

威爾把長鏟插在地上，雙手緊握鏟柄頂住前胸。「種樹是個人的喜好，」他思索了一會兒，腰向後挺，稀疏的白髮飄逸在微風裡。「種下一棵小樹，看著它一天一天長大，就像看著自己的孩子在長大一樣快樂。」

那些樹，威爾由暗綠的鐵罐中取出，埋在混拌著紅木屑和腐植土的洞中，澆水、施肥，陽光和雨水日復一日的滋潤。威爾每天由郵局回家，站在院中觀察它們一圈一圈的長大，由茫然無知嫩弱的細幹長成歷盡滄桑的大樹，春來之後又是綠蔭覆地。

樹的成長，人的成長，驟然感覺到那一年自己也在成長，也許比前面二十二年加起來還多——成長在白雪茫茫的大地上，在穿越山洞火車的汽笛聲中，在中條山麓的鮮花和血跡裡，在金黃色的雨樹下，也成長在幸惠期待和幽柔的眸光中。身旁淺綠的巨石依然冒著繞繚青煙，石上和石縫裡的潮氣要好一陣子才會被陽光蒸發掉。「藍田日暖玉生煙」，那種意境，經過幾世代，千百人的探尋揣摹，竟是這麼簡單的一個自然現象。昂首望青天，天藍似海，但不像大海那麼深邃，是透明的，清澈透明的藍，沒有一點兒掩飾。

幸惠走的那天，車站和我來時一樣冷清。我倆並肩走過一段窄窄的廊子，硬底皮鞋在水泥地上敲出篤篤響聲。廊兩邊整排的玻璃窄窗已破舊褪色，上面沾著厚厚一層，百年未除的灰塵。跫音在廊裡回響，那條廊很長，很寂寥，我們一定走了很久，走得很慢，一句話也沒說。黑黝的板牆散著潮腐味，只有破縫的地方露出一些光。

廊外，應是一片亮麗，春日的光。

長廊走到盡頭，幸惠停住步，我知她要我送到此為止，我把手提箱交給她。微風從廊盡頭的通口吹進來，她一隻手拎著箱子，一隻手按下將要揚起的裙邊，幾隻細長的手指婀娜的貼在藍綢布上。我們站得很近，她的衣袖在我手臂上來回輕輕的劃，一點小小的癢的感覺，我的心是滿地蓬鬆的飛絮，忽上忽下，沒有方向的迴轉追逐著。

笛的鳴聲連續不斷，由遠處傳來，明晰，親切，短短的回憶，群飛的燕子，在鵝毛雪落的山坡上——淡淡的，一種說不出的感慨。幸惠走出通口時沒有回頭看我，沒有一句話。但是，我知道，淚水在她面頰上淌著，晶瑩的珠子成串落下，落在落英繽紛的溪流裡——我曾隔岸追著她。

她的車廂會穿過黑黑的山洞，駛離貝城。我聽到玎玲不輟的樂聲，成群的麻雀由車站對面的樹叢飛出。那時我二十三歲，下星期就是二十四歲了。

# 虞美人

走進冷清的巷子，俊治左右不停的張望，這下他可胡塗了。仲老師在電話裡反反覆覆的起碼說了三遍，「向左轉入三十七巷，巷頭有個賣香菸雜貨的小店，老闆穿深色的棉襖，兩隻手攏在袖子裡，坐在長腳木凳子上望街上看。過了七、八家向右轉進小衖子，衖口是一幢淺綠色的兩層公寓，二樓窗口有鐵欄杆。欄杆上掛著盆景。」又加重語氣，肯定的說了一句：「你一看就明白了……」

他在巷子裡來來回回走了三、四趟，也沒看明白。牽腸掛肚的衖子、層層疊疊的公寓，就是沒有一幢只有兩層高、淺綠色，二樓開始有鐵欄窗的。這廂巷口根本沒有鋪子，那頭倒是有個賣魚丸湯、大麵炒的小食店，黑黝黝的，為了省電下午不開燈，裡面什麼也看不到。

他有點兒懊惱，在電話裡沒再問老師一次正確的地址。老師在電話裡興奮而委顫的大聲向他喊話，又扯上他最近在《近代雜誌》上發表的一篇文章，再三的叮嚀他住的還是老地方，只是改建成六層公寓。那種情況下，俊治幾乎插不進嘴，同時他也被老師洗了腦，自認以前去過那麼多次找晉生，即使臺北現在變了樣兒，他也「一看就明白了！」

他可錯了！沒想到臺北現在變了那麼多的樣兒。中年，步入中年是不行了。以前在服役的時候，因為反應好，才被選入搜索營，學了不少地形辨認的技巧，進了山林，總是安安全全的走出來，從來沒丟掉過。而現在居然會找不到來過幾十遍的那幢房子。

他看看錶，已是比預訂時間晚了近一小時。晚上另外還有個餐會，他不能遲到。他們分配他飯後作半小時的報告，是有關他這夥商界人士的觀點及對國民黨進行抗爭的策略。這是首次被邀參加，他代表了一部分反對派人士，不能遲到。

繼續向上望那些公寓——找淺綠色的，距離太近，脖子有點兒痠。現在豈止是懊惱，簡直是焦急了。

他頭一低，一個模模糊糊鵝黃色的身影迎面而來。婀娜而修長，冬季陰濕寂靜的巷子裡居然有這種際遇。巷子很窄，他們相互望著。女郎二十多歲年輕的臉，眼睛不大，但是很明亮，那種年輕、迷人的閃爍，他以前從來不感覺，最近幾年才開始注意的。

是巷子太窄，她不能不向前望，還是他壯碩成熟的身材吸引了她。她已走到面前，彼此都放緩了步子，似是唯恐這千載難逢的機遇會瞬時而過。俊治正不知要如何抓住這道光芒，她卻開了口：「您是蔡先生？」

他微微點頭，嵌在喉嚨裡的「是」字吐出來含混得像老人的聲音。正想清了喉嚨再重複一次，她卻輕巧而淡然的接下去，「仲老伯等您一直沒來，想是您找不到地方，要我下來接應。」

「喔，」俊治這才由恍惚中把自己整理出來，「你是他的學生，還是晉生兄的……」

「我和仲老伯同住二樓，對門的公寓。」

其實俊治知道她不可能是晉生的第二任。多年前臺北的同學提過晉生又娶了一個美國女人那回事——是他在紐約工作那家跨國公司裡的女祕書。據說有點癡肥，而且還拖著前夫的兩個孩子。美國女人就那麼行，抓丈夫像在家裡抓經濟權一樣有辦法。他又彷彿記得，他們說過，晉生被套牢後，仲老師並未說過什麼話，只是從此以後不再去美國探望這個獨子了。

窄窄的樓階，他們並肩走上去。陰暗的梯間，多雨的臺北，皮鞋在磨石子地上敲著單調、不和諧的聲響。他故意走得慢，忖量著要如何和她多說幾句，甚至交換個電話號碼之類的……

走上第一段的梯間，抬頭一望，仲老師已經站在門口等他。

仲老師穿著暗藍色的西裝上身，深褐色的襯衫，領口的鈕子扣緊。襯衫外一件深色毛線衣，下身卻是一條寬大淺灰西裝褲，頭上一頂貝雷小帽——老年人常戴的那種，毛呢質保暖的。今天天氣並不冷，俊治額前甚至有些汗濕。

在記憶裡，仲老師是中等身量，壯碩而略胖。眼前這個委顫瘦削的小老頭兒比他幾乎矮了半個頭。老人等他站定，行了鞠躬禮，並未伸出手來和他握手，而是上下向他打量了一番，滿意的點點頭，然後自顧自轉身蹣跚進屋，背有點兒駝，肩上幾根灰白的髮絲黏在深色西裝上，特別顯明。

趁著老人進屋，俊治迅速轉身，對面房門半開，一個年輕的男子正熱絡的攏著黃衣女郎的肩入內。女郎半側著頭向俊治嫣然一笑。

頓時，他有一種鏡花水月的感覺。

他尾隨仲老師走進幽暗。屋內透著淡淡的霉潮味，兩面窗門垂著絳紅色厚重的縵帘。老人忽然一轉身，幾乎和他撞個正著。「喔，我眼睛怕光，你把燈開了吧，就在門手邊。」

俊治推了開關，隨手帶上門。天花板上的日光燈閃滅幾下，終於全面開放，青白而不足光度的冷光由上瀉下，溢滿了零亂陳舊的屋內。這地段據說房價超過三十萬一坪，很難相信有這樣的擺設。

面對他的是並排兩隻黑皮面高背單人沙發椅，椅前的長條咖啡桌上雜亂的攤滿了印刷物和信件。屋子裡到處是小件舊家具、書架、沒有鳥的舊鳥籠、舊電視機、有土而沒有植物的花盆。質地高雅的桃花心地板上堆著一疊又一疊的書和舊雜誌，居然還夾雜著一些似是珍貴的藍布面線裝書。

仲老師指著一張沙發示意他坐下。

就這樣，他和老人並排坐在那兩張黑皮面高背沙發上，面對著靠牆一架十九吋的小電視機，沒有遙控，老式手按的那一種。他想起以前作學生時，常和晉生去一個仲老師認識的片商的小放映室看試片。一共只有四張並排高背沙發椅，也是黑色，塑膠面的，夏天坐在上面，放映室不開冷氣，背上都是汗。但是電影是免費的，有時還可看到當時不易一見的外國小電影。他們不停的抽菸，現在菸也戒了好幾年了。

「你找不到這個地方？」老人的聲音微弱，不像一小時前電話裡那樣，不知是習慣在電話裡大聲說話，還是等得疲倦了。

「真抱歉讓老師久等。」俊治連忙解釋，語氣是畢恭畢敬的。「這裡變了很多，我一直在找那幢淺綠色的兩層公寓，繞了半天就是沒找著。」

「淺綠色的公寓？」

「就是老師在電話裡提到的。」俊治睜大了眼睛，側過臉望著老人。

「嗯，也許已經拆了重建了，我還想著好幾年前的樣子。」

老人說得自然，絲毫沒有給錯了路標的歉意。

俊治開始瀏覽著室內，不是好奇，是他在搜索營時養成的習慣，這麼多年一直沒改，他認為對他經商有很大的好處。他四周慢慢瀏覽著，目光停留在牆角地上的一個大玻璃球。玻璃球的直徑有手臂那麼長，裡面養了兩條金魚。驚訝的是兩隻金魚大到幾乎占據了整個魚缸，卻在裡面自在的游盪。

他從沒看過這麼巨型的金魚，不免貫注全神注意牠們的活動，這才發現透明球是壓克力製成的，把裡面的金魚錯覺的放大到和球體一樣大。透明球上下各半個球體，中間有一條縫，他想不出究竟是轉上去，還是蓋上去。而球頂沒有洞，氧氣又如何進去？

「老師近年身體還好？」老人半天不說話，俊治實在也不知由何說起，只得問了句最普通的客套話。

「可以，還可以，」老人一面點頭，一面回答：「就是陰天容易鬧風濕，前不久全身檢查了一下，說是心臟有間歇跳的問題，現在吃藥也控制住了。噢，我耳朵聽不太清楚，你說話要大聲點兒。」

這次輪到俊治點點頭，還是面向著前方，扭過頭去說話，他不自在。書架上有個全家福的照片框，照片是黑白的，美芳帶小女兒和仲老師坐在前排，晉生站在後邊。那是晉生回國任職那幾年照的，十四、五年前的事了。

而美芳去世也有十年了。

「老師……現在一個人住？」上次他在一份資料上看到所有資深中央級民意代表的年齡，仲老師現在應是八十或八十一歲，總覺得該有人照料他的生活起居。

「現在是如此。前一陣子有個同鄉來陪我住過半年。生活方式不一樣，後來他搬走了。」

「這些年我一個人也住慣了，上了年紀，吃得也簡單。」老人說到這裡，叭達了一下嘴，似乎又想起了什麼：「你瞧，來了這大半天，我還沒給你倒杯茶。」

「不用了，老師，不用了，」俊治趕緊伸出手臂阻止老人起身，「剛才口渴，在路邊小店才喝了一瓶汽水。」

「好吧，那，我就不跟你客氣了！」老人又靠回去，頭上的小帽壓在罩在椅背頂的三花牌毛巾上，毛巾是白底綠條，老式的花樣。

兩人又沉默了一陣子。

俊治今天來臺北，主要是參加晚上的會議。這幾年他的事業已經穩定下來，在那個地區逐漸取得聲望和行業裡的領袖地位，開始投身入一些政治活動。這種活動是有違行商原則的，但是他從小就喜歡帶頭。他也想到，在最近一連串的動盪裡，仲老師的情況和想法究竟如何。他曾隱約的聽說過，老師這幾年已不和別人來往，甚至他的同仁也很少見到他。他知道自己和老師的觀點是南轅北轍，但是對仲老師，他一向有種錯綜複雜的心情，尤其晉生和美芳離去這些年，每想到老師，總會有些說不出所以然的歉意。

眼前照片裡的晉生逐漸模糊。他初遇晉生和仲老師時還只是個十七歲的青年。反叛的年齡、意氣飛揚的年代，他在五專念的是工商管理，成績中等，但是是班長和運動場上的風雲人物。仲老師在學校裡兼課，兼的是可念可不念的「國際現勢」、「應用文」之類的雜課。也說不上他教得好不好，認真不認真，反正是雜課就是了。倒是隱隱約約聽同學說過他可能是屬於某單位的。這種傳言也發生在幾個教職員身上，只是大部分的學生都以追女朋友、兼差賺錢為正業，那些政治上的談論沒有人有大興趣。

仲老師是訓導處劉主任以前在軍中的老同袍，所以來這個學校兼課也是劉主任引進的。劉主任提過是仲老師自己把晉生帶大的，他的妻子可能死在國共內戰的混亂中。這種事發生在很多外省人身上，但是等過了一段時期，遇到合適的對象，他們也就再婚了。仲老師卻一直沒走出那個悶局，總盼著有一天會和她重逢。

劉主任和他們幾個班長閒聊時還提到過一件事。當年，他在七十四軍任副營長，他們那個營在常德城外和日軍作戰。幾支部隊人數超過日軍，戰鬥力和裝備卻不是日軍的對手。幾場混亂的陣地戰下來，死傷慘重，許多部隊退下陣來保存實力，士氣相當低落。而他們的營長卻率全營頑抗到底，甚至罔顧上級撤退的命令，不停的在日軍的陣地間穿梭，似乎以追逐殺戮為樂。直到營長的腰上中了一顆子彈，左臂被刺刀扎了個口子，才開始向城垣撤退。

黃昏時大雨滂沱，滿地的泥澤，他們攻下一座日軍掩體，俘虜了三個受了傷的日本兵。到了半夜，部隊準備趁黑暗和大雨撤入城內。行動開始前疲憊而滿身血汙的營長命令把俘虜押過來，三個日本兵雙手被綁腿帶反剪在背後，跌躓的走到面前，營長立刻命令他們跪下。劉主任大吃一驚，和另外兩個軍官委婉的向營長表達，這樣作違反人道和國際戰爭公約。奉命執決的班長看看營長，又看看那幾個軍官，不知如何是好。營長臉一沉，把班長手裡的步槍抓過來，毫不猶疑，冷靜而鎮定的一槍一個。營長放完槍後回過頭來，冷冷的對他說：「劉副營長，軍人的任務就是要打勝仗！軍隊裡死一個人，就像死一隻狗一樣！」

那個營長，就是仲老師。仲老師從此由軍隊退下來，回到他的家鄉。

「你是說，你現在在縣黨部工作？」老人在沙發椅上翻了個身，忽然向他問道。

俊治心中一驚，慌亂中想到難道老人大半天不動聲色，其實早就知道了？但是他很快就恢復了鎮定。那個縣黨部根本沒有成立，成立了也不一定隨著執政黨叫縣黨部。

「不是，我現在有兩個工廠。在電話裡提到在縣黨部工作是蔡畑順同學，剛從民眾服務站調過去的，您還記得他……有點兒殘疾。」

「嘴歪的那個？」

「不，老師說過他名字中間那個字是日本字，應該改名字那位。」

「蔡畑順，蔡畑順……噢，也是你們那個地方的人？就是那個用左手寫字、右手有小兒麻痺那個？」老人弄清楚了。

「是的，蔡同學後來因為興趣的關係，插班轉進了師專美術科。」俊治耐心的向老人陳述，對自己的鎮定與態度從容很滿意。

「那時候我是班長，您還為蔡同學的事挺身而出。」俊治的態度忽然嚴肅起來，側過頭尊敬的望著老人。「已經那麼多年了，老師，我還一直記得那件事。」

教室裡忽然安靜下來，仲老師大踏步夾進去擋在瘦小的蔡畑順面前，兩眼堅定的望著高大英俊的邢教官，後者被這突來的舉動驚住了，不自主的後退了一步。

「仲老師，您……您這是幹什麼？」

「你不要再推這個學生！」仲老師嚴肅的說道，像是長官在訓一個部下。

「我推他？那是他不肯跟我去訓導處啊！學生不尊敬師長，他說……」

「我在窗子外面全聽到了，學生也是人，他有權利表達自己的看法，他應該被尊重。」

「但是，仲老師，我的作法也應該被您尊重啊……」

「我殺的人比你過的橋還多！」

邢教官臉上的驚訝逐漸轉變成困惑和明顯的憤怒，他努力的壓抑住，避免和這位自稱「殺人如麻」的老前輩正面衝突。「仲老師，現在是我的課，請您讓我來處理這件事。」

俊治一方面慶幸因為仲老師的出現，蔡畑順脫離了險境，否則他這個作班長的真不知道要如何應付邢教官了；另一方面，他也為兩位師長擔心，不知這種在學生面前出現的尷尬局面，究竟要如何下臺。想到這裡，他倒有點兒怪蔡畑順惹出這麼大的糾紛了。

邢教官本是學生傾慕的對象，二十五、六歲的年紀，寬闊高大的臂膀，陸軍官校正牌出身，在小金門前線帶過兵，據說還當選過戰鬥英雄。此外，他還有一副中國人少有的，低沉而帶有磁性的嗓子。

壞就壞在那副磁性的嗓子，聽說學校裡的女學生個個為他癡迷。這可夠這批血氣方剛的男學生難受的了。邢教官每天穿著筆挺的軍裝，在校園裡躊躇滿志的晃來晃去。對男生的態度一天比一天嚴格，一點兒也沒有那批中年教官的謙和。那種反叛的年齡，誰吃得下？

如果邢教官不挑起來，大家認為忍一忍他的凌人盛氣也是理所當然的。偏偏，他要在課室裡宣揚學校實施嚴格軍事管理的重要性。偏偏，又遇上個平日一言不發，到這時候卻滔滔不絕，和邢教官爭辯不讓的蔡畑順。蔡來自南部一個小鄉鎮，一切平平，蠟黃的臉似是發育期營養不足的後遺症。每天就是上課下課，兼差和泡馬子是沒他的份兒的。誰會想到，以一個來自小鄉鎮，社會和政治接觸面窄小的十七歲學生，居然會弄出那樣驚人的言論和勇氣。而他卯上的又是邢教官，那更是大快人心。

在訓導處的一場大爭辯中，仲老師極力維護學生的權益，邢教官的銳氣被殺得殆盡，甚至弄得校長和訓導主任都很難堪。

最後是兩個小過草草了事。

事後，有些年齡較長的同學開始懷疑仲老師是不是做得對，甚至俊治也有些困惑。但是，無論如何，校園裡出了新的英雄——瘦小沉毅的蔡烟順和大義凜然的仲老師。

「老師，還記得那件事？」俊治問道。

老人沉默了一會兒，然後微微點頭，慢條斯理的說道：「過去了，過去的事了。」

「要不要我把日光燈關上，拉開窗帘？」俊治問道。抬頭頂上灑下來的青光令俊治不舒服，厚重深色的窗帘帶給他封閉的感覺。

「好，也好，等下你走時再給我拉上。」老人同意了。

俊治拉開窗帘，回頭看了看老人，又拉回一些。他走到門口關上日光燈，依舊回到皮背沙發椅坐下。老人在沙發上換了一隻交疊的腿，臉上有絲許痛楚的表情。

「這幾天陰，過一陣子暖起來就舒服多了，聽說你們中南部氣候要好得多了？」老人說道。

「是的，我一直想邀老師到我們那兒住一陣子。」俊治的語氣非常誠懇和恭敬。

「不用客氣了，我行動不方便，也沒心思出去，現在只是有時去開開會——有重要的事，他們需要我的時候才去。」

「老師——」俊治開了口，又覺得難以問下去。

「我現在是被稱作『老賊』了，」老人沒注意到俊治要問話，逕自說下去：「每次到了會場，亂烘烘的，我也聽不太清楚，笑罵由你笑罵，反正你聽不到。」

俊治的心開始緊縮，老人依然平緩的說道：「但是你說你聽不到，實際上你聽得到。我年紀大了，身體不好，只想這幾年平平穩穩的過去。」

「老師……」

老人沒理會他，蒼啞的聲調在屋中迴盪著。「一直惦記著要退下來，但是也沒採取行動。俊治，一個人老了，常常不會主動去做一些事。他們都不在了，有時候，我也希望……要是美芳還在就好了，我常常會想到她……」

市聲隱隱透過玻璃窗傳入室內。冬日的光由窗帘拉開的那條縫溢進，雖是晦暗，卻是柔和溫馨，毫無人工矯飾，自然的光。老人緩步走進一片幽靜的樹林，清脆的鳥聲，小爬蟲在草葉間窸窣的穿梭，澗水淙淙流動——一個獲得又失去，短暫的樂園……

俊治為蔡烟順的事到仲老師家去了兩次，由此和晉生開始來往。晉生斯文而高瘦，長頭髮下是一副幾乎占了大半個臉的傳統型眼鏡，成績永遠高超過其他同學。但是除了成績，他是沒什麼可值得注意的——一個沉默而憂鬱的慘白少年。

俊治和晉生個性完全不同，也因此，反而滋長了互輔的友情。俊治的家在南部，週末和短假就往晉生家跑。畢業以後，自費到美國留學，又入了同一所三流學院。對俊治來說，課業還是相當吃力，晉生卻應付自如。

俊治有一次帶晉生去參加臺灣同鄉會的聚會，在那裡他們認識了美芳。一開始三個人一同來往，因為只有美芳有汽車，來往也是為彼此的方便。不久晉生開始正式追求美芳。俊治由美芳的眼神和暗示看得出美芳屬意的是他，不是晉生。

他喜歡美芳，但他更喜歡晉生。

俊治沒有費了多少力就使美芳明白了。他也從不讓人知道美芳戀慕他那回事。晉生和他老子不一樣，是個敏感而謙讓的老實人，甚至有些懦弱，他不能讓晉生受到傷害。

晉生早他一學期拿到學位，帶了新婚的美芳轉到另一間大學繼續念研究所，他則以小本慘澹經營方式混完學分後趕快回國。美國這種地方不是他這種草莽性格的人久待之地，臺灣才是他的天下。

幾年以後，晉生頂著一頂博士帽回國。這是他們那個以舞弊出名的專科學校的破天荒大事！

在印象中，仲老師一直不是一個快樂的人。晉生由美國帶回美芳，老師的心才開朗起來。這個家有了女人，一個和他的妻子素媖當年年齡相仿的女人。美芳長相並不出色，卻有老式臺灣人家庭出身的女人的美德——忍讓、孝順、沉靜、任勞任怨、永遠犧牲自己，為公公、丈夫和小孩著想。他真心的喜歡兒媳婦，而美芳也深深的體會到這個外省籍老人對她的疼愛和關注，連她自己的父母都不能比。

黃金年代持續了好幾年，他已逐漸步入老年，能有美芳這樣一個兒媳婦照顧他的餘年，此生也就無憾了。

美芳生了女兒兩年後，體重一天一天減輕，診斷結果是癌症。自此日復一日的被病魔折磨著，最後醫生決定冒險開刀割除。

行手術前一天晉生要在家照顧女兒，仲老師陪美芳入醫院。第二天是他的七十歲生日，他有一種奇怪的信心，肯定在那一天行手術，美芳會藉著他的運氣完全痊癒。

第二天中午，動完手術，美芳便死了。

「我還是沖兩杯茶來喝吧。」老人一面說，一面起身。

「要不要我來幫忙？」俊治趕快也站起來。

「你坐著，你坐著。」老人一面揮手向他示意，一面朝廚房蹣跚走去。

俊治聽到廚房傳出沸騰的水聲，又趕緊走進去。水槽裡堆著幾隻髒碗盤，老人正在槽邊提著水壺沖茶，手有些顫抖，有些水濺出來。俊治接過水壺，把兩杯茶端出來。

「隔壁那條巷有家山西館子很不錯，我打電話叫他們送幾個菜來，你晚上就留下來吃便飯吧。」老人說著也不等俊治同意，逕自向擺電話的小几走去。

「老師，我晚上……」俊治話到嘴邊又停住，他看到書架上那張合家歡的照片，照片中的仲老師飽滿而喜悅。

「怎麼了？」他感覺到老人正在看著他，「你有事？」

俊治猶疑了一下，眼睛依然望著書架：「我和幾個朋友約好了，五點半得到那裡。」

「嗯，」老人微點了一下頭：「那麼，你就陪我再坐一會兒吧。難得有人來看我，晉生走後，你們那些同學我就都沒再見過。」

「是的。」俊治答道。他端起茶杯，輕輕吹開浮在水面上的一層茶葉，厚厚的一層，仲老師的茶泡得濃，茶葉比他平常喝的多一倍以上。他記得，以前他來找晉生時，老師喝的茶很淡。有時老師叫他和晉生也喝一杯，但是那時他們年輕，不喜歡喝茶。

「我們那班的同學，現在留在臺北的大概不到七個，這個年齡正是承上俯下，最辛苦的時候，又得忙著自己的事業。」俊治對不能留下來陪老人吃飯很是歉然，委婉的向他解釋，「所以這是他們沒來看您的原因，但是這幾年每次和他們見面，他們都會談到老師和晉生兄。」

老人抿著嘴點點頭。俊治不太清楚那是讚許還是諒解。以前，他父親還在的時候，最後那幾年，他從未猜出過父親的表情究竟意示著什麼。他正忙著建廠、孩子、岳家，忙著和妻子吵架，顧不得去猜一個老人的心情。甚至，有時他對父親欲言又止的表情會不耐煩。

後來父親沉默的走了，他也有了喘口氣的機會。靜下來回想過去種種，他模糊的揣摩出父親想要告訴他，又從來沒說出口的話——但是他似乎又沒揣摩出來。

「臺北你們班上那幾個我已經很多年沒消息了，只有最近在雜誌上看到洪正淵同學的名字。」

「是嗎？」俊治心裡開始收緊，臉上仍然擺出若無其事的表情。晚上的會議洪正淵也會去。他想知道老人究竟在雜誌上看到什麼，但是又不希望聽到老人說出什麼。

「上星期，」老人輕咳了一聲，頭向後靠上椅背，並不繼續說下去，雙目微閉似是在沉思。俊治靜等了一會兒，才試探著說道：

「是的，老師。」

「上星期，」老人隔了半晌才說道：「他在雜誌上有一篇文章，談到我們這些資深代表。文筆是不錯，只是有欠厚道，連我們的名字都列出來了。」

「正淵兄個性比較衝動，而且有些理想主義的色彩，可能下筆時考慮有欠周到。」俊治收緊下顎，努力的控制自己的聲調。

老人困惑了：「我這幾十年兩袖清風，除了領一份固定的餉，從來也沒像一些人那樣弄錢弄人，現在也是風燭殘年了，洪同學又何苦呢？他為什麼不挑那些有力量的人去攻擊呢？」

「我對正淵兄很了解，實際上他是個正直的人。我想他並不是針對任何人，而是對整個制度有他自己的看法。」

「那我就不懂了，不是正在改進嗎？制度不是改得很快嗎？報上說今天晚上他們可能又要開會，我看如何對付我們這些人，大概也在他們的議程之內吧！」老人慢吞吞的說。

「老師的耿介和清廉我們同學都知道，事實上正淵兄一向就很敬重老師，每次一提到老師，正淵兄總是說老師是正直而有膽識的人。」俊治嚥了一口口水，「遇到正淵兄，我會轉達老師的看法給他作參考，相信他一定會慎重考慮的。」

「嗯，嗯。」老人喉嚨裡有聲音發出來，身體卻僵在那兒不動。俊治不清楚嗯聲究竟是表示同意，還是老年人慣有的，無意識的喉聲。屋裡逐漸暗下來，將晚的時刻最靜，靜得連塑膠球裡金魚緩緩游動的聲音似乎都聽得到。俊治瀏覽著掛滿四周壁上的國畫和字幅。那些字畫一定掛了很久，直軸的邊向外翹起，有些裝框的，鏡面上浮著一層薄灰。國畫清一色是水墨，沒有顏色，和字一樣，黑白兩種，陰陰幢幢，都是題了款送給老人的。大概也有很多年了，有些宣紙已經開始泛黃。他記得以前晉生和美芳住在這裡，還是日本房子的時候，壁上有好幾幅色彩鮮艷的西畫。

「你是說，晚上有應酬？」老人又問了一次，聲音有些混濁，遠處傳來的鼓聲。

「是的，幾個老朋友約了我。」俊治看看錶，「我看，老師也要休息了。下次來臺北，一定來看老師，我會約那幾位同學一起來。」

老人也有要起身的意思，俊治正雙手撐住沙發的扶手，老人家忽然冒出一句，直截了當的：

「你——是不是去參加洪正淵同學他們那個會？」

俊治驀然一驚，感覺自己的身體幾乎震了一下，血液直衝上腦門。

他竭力保持鎮定，平靜的回答道：「不是，晚上有個商場上的朋友給孩子作滿月，他在鴻宴樓擺了九桌，我們工廠的原料……」

他說了很多話，又懊悔說得太多了，最後幾句結結巴巴的。

老人轉過頭來，半瞇著眼望著他，耐心的等他說完。

室內靜下來，死一樣的寂靜。俊治茫然的坐在那裡，像是在等待什麼，卻不知道到底是等什麼，等多長？該是告辭的時刻了，而且也說了要走的話，而此刻，他卻難以起身。

老人仍然瞇眼望著他。那種表情很奇怪，他從不記得老師有過這樣注視人的模樣。也許是他老了，俊治想。人老了，表情會變得不一樣，令人難以揣測。

老人終於開了口，心平氣和的問道：「俊治，你……我印象中，你一直是一個誠實，不說假話的學生，對不對？」

「是的，我對老師和晉生兄從不說謊的。」他一邊說，一邊忖想著老人下一句將是什麼。

老人聽了，滿意的點點頭，然後接下去問道：「那麼，告訴我一句實話，俊治，你說了沒關係。」

「是的，老師。」

「你晚上是不是去開會？」

俊治轉過頭來，面對著老人——終歸是要面對他的。多少年來，他和晉生曾情同手足，他敬仲老師如父兄，但他有自己的看法，那和私誼完全是兩回事。今晚，他要去開會……

老人遲怠的眼神似是無助而祈望的看著他，厚重的眼皮垂在幾乎合攏的眼窩上，他粗長的眉毛已全部霜白。啊，很久沒人來看望他了，晉生和美芳離開他後，很久沒人來看望他，和他談天了。壁上陳舊的字畫伴隨他過了很多年，而那些題字畫的老朋友，也逐漸凋零而去。老人的面頰上有許多黑色的斑點，在暮色中卻顯得格外清晰。他鬆弛的皮肉垂掛在蒼白的面龐上，是一層又一層的山巒，在朦朧的靜寂中，孤獨而寂寞的摺皺著。是的，這多少年來，我從未對他說過一句謊話，我是老師最誠實的學生，但是，老師……這些年來，沒有一個學生來看過您。老師，我是唯一一個來看您的學生，帶給您些許快樂和回憶的學生，仲老師……

俊治忽然完全清醒過來，完全想通了，他挺直了背脊，頭一揚，毫不猶疑的說道：

「不，我不是去開會，我從不向老師說謊的！」

老人感激的望著他，口中喃喃的說：

「好，好，我相信你，俊治，我相信你！」

俊治由沙發上起身時，老人閉目靠在椅背上。

「老師……」他壓低了嗓子叫了一聲，沒有回答。他躡手躡腳走到門口，緊壓著門扭輕輕轉開門。看看錶，到那家開會的餐廳算計是要遲到半小時了。走出門，反過身來帶上門時，他看了一眼安詳入睡的老人。

由窗口那條縫透入最後的暮光，正照在老人背後牆上一幅筆力蒼勁的字幅上。他記得，那是以前老師在課堂上常提到，他最喜歡的一首詞——李後主的〈虞美人〉：

春花秋月何時了，往事知多少。小樓昨夜又東風，故國不堪回首月明中。雕欄玉砌應猶在，只是朱顏改，問君能有幾多愁，恰似一江春水向東流！

老人已進入夢鄉。以前，他有過很多夢。後來，他不再作夢，年輕的夢也忘記了。他睡得很沉，像個嬰孩，臉上浮現著一個似有若無，淺淡的微笑。他夢見自己滿身鮮血，豪氣萬丈的在常德城外，大雨滂沱的日軍陣營裡衝殺；他夢見素娭挺著大肚子，他攙著素娭的手在上海外灘公園漫步；他夢見臺北冬日的夜晚，美芳端著一杯熱茶款款向他走來，有許多學生來看他，圍著他大聲的談笑，晉生和俊治穿著整齊的深色西裝，留著小鬍子坐在他對面，默默的聽他們說笑……

# 最後的一隻紅頭烏鴉

## 1

十幾年以後，當追蹤他的隊伍在半山腰進入夢鄉時，徐兆鴻自秋夜的微寒中冷醒，仰望著由草寮頂濾進的月光，他模糊的回憶起和小麗一起去獵烏鴉的童年。

越過小溪，小男孩飛快的奔上土坡，潮濕的小腳上沾滿了黃土。

「阿鴻，阿鴻，等一等我！」

「噓……」小男孩轉過頭來，壓低了嗓子，把食指豎在嘴唇上。

小女孩蹣跚的踏過水澗，花裙濺濕了，手腳並用，吃力的向上爬。

「快，快，」男孩停下來，彎著腰，焦急的向下伸出右手。

牽著女孩的小手，奔向深幽的樹林，夕陽已落在林後，暮色籠罩著紅色的大地。林裡，一片血紅。成群的烏鴉棲在樹枝下，一天的飛翔、尋食、追逐並未使牠們疲倦，依然不停的聒噪著。

兩個小孩躡手躡腳的走到大樹下的一座小神龕旁，男孩掏出彈弓，將兩口袋的小石子倒在地上，堆成一座小丘，然後開始向樹枝瞄射。石粒一顆一顆的穿越樹梢，奔向林外紅色的雲端。不一會兒，小石丘只剩下零散的幾顆了，而樹上一根羽毛也沒飄下來。

「阿鴻，我們回去吧，天已經黑了。」小女孩害怕的望著譎密的樹林。落日的紅暉已逐漸被黑暗取代，枝上的烏鴉幾乎不可辨認，只聽到牠們嘰啞的，聲嘶力竭的爭吵。

「不要急，讓我把這幾顆打完。」小男孩急促的說，順手撿起一粒小石子，套上彈弓。「妳看，那隻烏停得很低，我要把牠打下來！」

他閉上一隻眼，瞄了瞄，手已痠軟無力，倉卒的射出，石子穿過樹葉，發出嗖嗖的聲音。烏鴉棲在離地不及四個人高的枝上，左右擺動著牠的頭，好像根本沒注意到樹下的小射手。

「阿鴻，我要走了。」小女孩扯著他的短褲。

「好了，好了，最後一顆了！」他撿起一顆石子，用力拉緊彈弓，胡亂的瞄了瞄，為了保持顫抖的手臂的平衡，匆忙的放手射出。

石子不知飛到那兒去了。小男孩失望的站在暮色中，彈弓垂在手下。「好吧，那麼我們回去吧！」

「你看，」小女孩忽然驚喜的叫出來，小手指著地上。「一隻小鳥掉下來了！」

小男孩趕緊跑過去。一隻奄奄一息的烏鴉躺在地上，全身烏黑發亮，羽毛要比一般烏鴉深厚潤澤，嘴尖較長，而且竟有一個披著紅羽毛的頭。

「對吧，我早就告訴過你，一定會打一隻下來的。」他得意洋洋的說，站在旁邊的妹妹羨佩的望著哥哥。

「這種紅頭烏鴉，幾十萬隻裡才遇見一個，現在被我們打下來了！」他一手提著紅頭烏鴉，另一手搭在妹妹的肩膀上。「我們回去吧！你不要怕黑，我會保護你的。」

追蹤的隊伍越過溪澗。

陽光直射在流動的澗水上，片片銀波耀眼奪目。淙淙水聲穿越山風吹動樹葉沙沙，秋日的蕭瑟在山谷裡竟毫不著痕跡。一個警員摘下大盤帽，彎下腰來用手舀了一些清涼的溪水抹抹臉。汗水浸透了他制服的背部，腰間的手槍彈帶有點下滑。他把彈帶扶上，扣緊了一格。

「我們在這兒休息二十分鐘。」隊伍前面，站在澗邊一塊石頭上的隊長看看錶。他是個三十出頭，身軀高昂的漢子。有一張英俊而黝黑的面孔，配上寬闊的肩膀，是個相當吸引人，電影裡才看得到的那種角色。

「下去我們不再休息，幾個小時以後應該可以追到他！」他猶疑了一下，又加上幾句：「他手裡有一枝在朋友家弄來的單管強力獵槍和十二顆子彈，沒有彈夾，不是半自動的。他在服役時是陸軍的飛靶射擊選手，所以不能給他機會，看到他進入射程，馬上命令他不准移動。只要一移動，立刻開槍……」

「洪隊長……」站在後面開腔的是一個五十多歲，頭頂略禿，個子不高的男人，穿著一件白色長袖襯衫，寬大的淺灰色卡其褲。

洪隊長微側過頭，皺著眉，不耐煩的向他擺了擺手，示意他不要出聲。「好了，現在大家開始吃飯，別忘了把水壺裝滿。」

「洪隊長，」穿便衣的男子跟在洪隊長高大的身軀後面。

「應先生，人命關天，知道嗎？」洪隊長連頭都不回一下，繼續往前走。

「您別誤會，洪隊長，他是為了……」

「我知道，我知道，不是傷不傷人的問題。上面有命令要追緝，他犯了刑事案就得……就得……」

「上面說是要追緝他到案，並沒有說死活不論啊？」

「應先生，」洪隊長這時才轉過頭來，像一座山一樣立在應先生面前。語氣有點惱怒：「你放心，我們不是那種隨便放槍的人。到時候，我會看情形見機行事。這樣總可以了吧？」

一頓搶白，應先生低下頭，勉強的點了兩下，黯然走到溪邊。默默的由背包裡拿出便當盒，又伸手到背包裡摸筷子，摸了大半天，無奈的搖搖頭。

「您先把我這雙拿去洗一洗用吧！」一個壯碩的年輕警員把筷子遞過去，應先生感激的點點頭。

「應先生是哪個單位派來的？」警員趁機打開話匣子，向對方摸摸底。

「噢，我……在調查站工作，並不是派來的，因為……因為和徐兆鴻的父親是老朋友，入調查局之前又在縣立初中教過他國文，所以向上面報備，自願跟來的。」

警員拍拍他肩膀，似乎是要他放心的意思。應先生望了他一眼，低下眼把繫飯盒的繩子解開，禿頂的部分被陽光照得發亮。

## 2

徐兆鴻把背包解下，用右手拿著槍和背包，走進高可及人的草叢。撥開草叢，林場的小鐵路就在眼前，鐵軌過去是兩三戶簡陋的人家，靜悄悄的，只有兩個衣衫陳舊的小孩蹲在門前，看到他走過來，把手裡當作玩具的幾塊木片擺在地上站起來。

「小孩子，給我倒杯水來好不好？」他用蹩腳的客家話問他們。

大一點的那個男孩大概六、七歲，指了指屋側，岩壁下的竹管流著涓涓山水。他過去用雙手捧著水，連喝了幾大口，滿意的深深吐了一口氣。兩個小孩發呆的看著他，一臉的欽佩。

「小孩子，你的爸爸在家嗎？」

小男孩搖搖頭。

「媽媽呢？」

「和爸爸一起到林班去做工了。」

「嗯。」他滿意的點點頭。想想，又補問了一句：「那兩家有人嗎？」

「都去林班了。」

他把槍和背包擺在牆邊，取出便當盒，開始吃起來。兩個小孩還是聚精會神的看著他。他吃了幾口，停下來回望他們，小的那個是個女孩子，退後了一步。

便當裡還剩下一些飯和幾塊肉。他打了個飽嗝，把蓋子蓋上。

「你要是不吃了，我拿給我阿妹吃剩下的？」小男孩指著便當盒問他。

他把便當盒遞過去，小男孩一手拿著便當盒，一手牽著妹妹往屋裡走。「阿妹，來來，都給你，你一定餓了吧？」

聽到這句話，他閉上眼睛，心裡一陣隱痛。

那幾年，阿爸剛從部隊裡退下來，先在后里鎮上為營區的兵爺開的澡堂和小吃店混了一陣子。退役金貼得差不多時，才拖著他和挺著大肚子的阿母到山裡的開發公司去工作。

阿母生長在中部濱海的一個小漁村裡，從來沒在山裡住過。但是她一句話也沒說，安靜而認命的跟著阿爸走進山裡。

小麗生下後，他們生活得很苦，父親的工資有一大部分要貼在阿母的醫藥費上。那時阿母還不到三十歲，卻老得像個歐巴桑。她的病名到今天他還搞不清楚，奇奇怪怪的洋名字。只記得有個「羅」字，還有個「巴」字。他們說她的病是遺傳的，犯了病，以後永遠醫不好，拖到死為止。

阿母就真如預料的，痛苦的拖到那一天斷氣。

死後第二天，阿爸把她葬在山窪後的林子裡。下葬那天，應老師和阿爸親手挖的穴，單薄的棺木上覆著土，土上是一塊上好的木碑，阿爸在家裡自己刨的，應老師刻的字，用黑漆塗在字上，還加了一層光亮透明的油料。他說起碼可以防水好幾年，過了幾年，他會再去塗一層。

「買不起石碑，委屈你了。」阿爸面對著木碑，摸著小麗的頭。

阿爸的背有點駝，這是他第一次注意到，以前，阿爸是很挺的。

「男孩子永遠不該哭！」阿爸每次用木板打他手心時，對他大聲吆喝。「軍人的兒子，永遠不准哭！」

他看到阿爸的淚珠在眼眶裡打轉，那滴眼淚真大，落在小麗頭上，好像還濺起水花。

他們後來搬到小鎮上，小麗幫著阿爸照顧麵攤。他在那兒念完國中，立刻到城裡的水電行作學徒。幾年以後，一出道，就拿到一份算是過得去的收入。除了房租和日常開銷外，還可以和一群朋友到處逛，找樂子。

就在那時候開始認識香蘭閣裡的人。

到那兒去花些錢並沒有帶給他任何墮落感，反正是去玩玩。倒是每次回到小鎮去看阿爸和小麗，回來總是讓他沉默好幾天。

那個麵攤常換地方，客人把骨頭吐了一地，小麗永遠蹲在兩隻鉛水桶旁邊刷盤子。她的手臂又細又白，髮絲黏在汗珠和青春痘重疊的前額。身上的黃卡其學生服透著大片汗漬，舊黑裙子已經短小得配不上她的身量。她蹲的姿勢很不雅，由街邊往騎樓那個方向望，她裙子裡的大腿和底褲一覽無遺。幾個客人一邊狼吞虎嚥，一邊毫無顧忌的往她那兒看。而小麗竟然毫無警覺之心，也是國中三年級的學生了。

他覺得厭惡而又心酸——還有一種對自己痛恨的無力感。

繞過突立在白花花的芒草叢中的那塊暗黑的火成岩，徐兆鴻已是氣喘不停。他把背包扔在腳邊，就靠在岩石上假寐。陽光被石壁擋住，他坐在陰影裡，冰涼的石塊給他一種很舒服的感覺。

他看到了鵝鑾鼻大片的黃沙海灘，在耀眼的陽光下閃閃發光，刺得他眼都睜不開。沙的盡頭是清涼溫柔隨時可以奔下去擁抱的海潮。他們幾個人約好這幾天帶香蘭閣的查某一起來。

而現在他疲累的半倚在面目猙獰的火成岩壁下，水壺裡滴水不剩。要不是為了小麗，他想，我已經在鵝鑾鼻的沙灘上晒太陽了。

青綠的山谷就在腳下，大片茫然的綠色，飄浮在上面的是一層模糊的、淺淡的水氣。他皺著眉，全神貫注的凝視著谷中被綠色遮蓋，若隱若現的山徑。徑上似乎有東西在蠕行，又像是被風吹動的樹葉。他蹲在坡上，手擺在額前遮太陽，很像西部片裡一個放哨的印第安人，觀察山丘下列行而過的騎兵隊，他想，如果有人給他照張像，那個樣子一定很有意思。

很難分辨出遠谷被樹遮蓋的山徑上，微微晃動的是人還是樹葉。以前在野戰師服役時，那個操北方腔的副營長說他眼力好，所以才能打到陸軍射擊選手。「如果念完高中，你就可以考空軍官校，作噴射機駕駛員。那麼大的天空就一個小黑點，誰先看到，誰就先把對方打下來！」副營長越說越興奮，「爆個粉碎！爆個粉碎！」

那個副營長，後來在師對抗的演習裡，中了榴彈砲的花彩，爆個粉碎！

他繞過大岩壁，順著壁緣向上爬，腳下的碎石紛紛滑落，微微揚起塵灰。但是他知道不會被下面谷裡的人看到，四周莖高過人的芒草擋住了塵埃飛上天空。

高處和山谷不同，放眼望去，光禿禿的幾乎沒有一棵樹，只有無邊無際一片雪白的芒花雨。那些芒草在山風裡起伏翻滾，猶似嘉南平原上的稻浪，間或有芒花飄絮在青藍的天空。他走在高可過人的芒草叢中，用開山刀和左手撥開一條線，就在其中奮力向前游，像是一個陷在河心，極力要掙脫沒頂之危的小孩。

也該是三千公尺以上的高度了，貧瘠而碎石累累的坡上，連綠草都看不到，又是經年累月肆虐的強風，而這卑微命賤的芒草，卻成叢成堆的傲立在荒坡上。那些脆弱的細莖竟也耐得夜以繼日、日復一日風雨的折磨。只是，他想，這場悽惻悲壯與命運的抗爭，又能挺撐多久呢？

不知不覺中，天色暗下來，風勢減弱了不少。他看到山巔上那塊形狀像犀牛頭一樣的巨岩，大概只有不到一百公尺的垂直距離。這一段特別陡峭，坡上的土被風吹光，他要在光禿禿的岩石之間小心的找下腳的地方。他想到應該把開山刀插回皮刀套，卻發現刀套已不在子彈帶上了。他猶疑了一下，用外套的兩隻袖子把刀拴牢，然後把外套和刀擺回背包。

山巔越來越近，現在他幾乎就要接近犀牛頭的岩腳。它像神話圖畫裡的巨獸一樣向上直沖天空，向下戲謔性的俯視著小人國裡的他。抬頭看了那隻巨獸幾眼，他決定不再看它——昂著脖子向上看一隻龐然巨物，讓他頭昏和有一種被壓迫感。

如果上了山巔，順著稜線縱走到北邊的山頭，再向東南折下，穿過那片被伐過的林班，就是半山腰上工人守望休息的小草寮。還有一個鐘頭天會全黑，他要在天黑之前摸到草寮，若能在那裡過夜，說不定還有工人留下的毯子和塑膠布可以禦寒，想到這裡，一種莫名的振奮油然而生，腳下似乎也輕巧了不少，像一隻猴子一樣在岩石之間跳躍攀爬……

忽然，他警覺到左腳踏空了，還來不及抓住身邊的岩石，身子已經開始翻滾下坡。慌亂中，他感覺到頭似乎擦過岩石，身體落在石頭上發出碰撞聲，又被彈出來，摔到半空中，只不過幾秒鐘的時間，已不知翻滾了多少次，最後一次背著地時，卻很清晰的感覺到有個尖銳的東西刺進左下背，接著是蝕骨銘心、被撕裂的痛楚。

「噢……啊呀！」他大聲的喊叫，雙手在空中和四周胡亂的抓，谷裡傳來一聲一聲逐漸消弱的回音。他躺在那裡，像是一隻被翻了身的烏龜。

過了一陣子，混亂平靜下來。他費力的翻動身子，伸出左手摸下背近腰的地方，衣服被扯破的那一小塊黏濕濕的。

如果背包不是尼龍布而是厚帆布製的，如果外套只包住刀身的下半截，他想，刀尖就不會在翻滾中刺進肉裡。他躺在那兒不動，唯恐動了以後血會流個不停。同時也在納悶，這樣深的一個刀口，血要流多久才會凝結。

多想也沒有用，他決定先休息一會兒再說。左手無意識的伸入褲袋，摸出一個五彩塑膠珠子串成的小荷包袋，那是小麗在勞作課時做的，上面有他的名字，他一直留著。裡面是一顆子彈，口徑和這枝獵槍的子彈口徑一樣，也是陳年老貨，小時候在烏鴉林裡撿來的，不知道還打不打得響。

一定是休息了很久，汗水乾了，一絲涼意由腰際爬上脊骨。舉首望了望，那個龐然大物仍然籠罩著他。「軍人的孩子永遠不哭……」他低頭看了看滲著血跡的淺黃色襯衫，天色已暗，血變成暗紅色。那個圖案，很諷刺的竟像頭頂上的犀牛頭。犀牛的皮很厚，捅一刀大概算不了什麼，不知道犀牛皮能不能作皮鞋。那個「爆個粉碎」的副營長曾經告訴過他們，早期在臺灣野戰部隊的大皮鞋是豬皮做的，走在大街上嘰嘰啞啞的，全場注目……

傷口的血似已凝住。谷對面的群山蒙上一層灰濛濛的霧氣，那些山曾和他如此親近，現在卻顯得漠然。他決定無論如何要摸到草寮去，這地方沒遮掩，夜裡如果起風可是無處可躲。

他緩緩站起來，費力的平衡著隱隱作痛的背部，取出開山刀，翻轉看了看，然後用力的向谷裡扔。刀在水平距離上沒飛多遠，就開始筆直下垂。下面的岩石擋住了他的視線，但是他聽到金屬和岩石相撞發出的清脆聲。這一次，沒有回音。

有幾顆星已在天邊出現，還並不很明亮，掛在那裡，孤寂而冷清。

最高的一段，他用槍托和雙膝把自己拖上去。即使爬得再慢，也令他氣喘咻咻。他特別謹慎，腳下一踢動風化鬆落的石塊，立刻把身體貼向山坡，用膝蓋的摩擦力阻止自己隨著滾石向下滑。

山頂上的風較大，他轉頭向下看了看背上的血跡還是那麼大，並沒有因為這一段艱苦的爬坡而擴散，他滿意的點了點頭，不等氣喘定，立刻順著稜線繼續向北方走。

在黑暗中走路，雖有一大段是下坡，還有山徑可循，卻比他想像中要困難。那些小徑原是野獸的蹊徑，然後被獵人跟蹤踩過，最後是伐木工人或山地測量員闢出來。藉著月光，他在碎石夾雜著殘枝的徑上顛簸，由山稜下落到林子裡，月光被樹葉擋住，他靠著從小在山裡發展出來的動物本能在黑暗中摸索。「夜路走多了，早晚遇見鬼！」小時候每次阿爸不准他晚上出去玩，老用這句話嚇他。他卻等阿爸鼾聲一出，立刻翻滾下床，那批朋友就在山路的盡頭和他會合。那麼多年，從來沒有被阿爸逮到過——也從來沒遇見過鬼。

林的盡頭再往下是被伐過的林班，光禿禿的坡上，散布著橫七豎八的白色枯枝殘木，在月光下像是戰火洗劫後的斷垣殘壁。草寮孤零零的坐落在雜亂的、已被風雨烈陽晒洗漂白過的斷木殘幹中，整齊而單純的線條，反倒顯得和周遭很不調和。

他小心翼翼的在橫臥的大樹幹之間蛇行，有時要用肚腹的摩擦力滾過巨大的樹幹。在滑下時，他小心的試探落腳點……要是一腳落空，就可能夾進枝幹交織的洞裡。這段一百多公尺的路程，在月光下看得清清楚楚，竟比幽黑的林子還難通過。

到達草寮時，背上又有濕黏的液體往褲腰流。他不想再察看是汗或是血，黑暗中也不容易看出來。回盼那段來程，真驚訝居然也走了過來。犀牛石的背面在幾座山峰外，黑色的火成岩被月光照得像是一片雪白的冰壁。他取出半盒軍用營養餅乾，狼吞虎嚥的塞下去。吃得太快，又沒有水過它，差點被噎住。

他爬上草寮的地板，在黑暗中摸到一條冰冷的毯子，帶有潮味的，蓋在身上，腦子空空的，昏沉進入睡鄉。

時間似乎是過了很久，半夜，他被背上的傷痛醒，用手摸了摸前額，並沒有發燒。

恍惚中又看到小麗，穿著那身花洋裝，夾在香蘭閣的兩個保鏢中間，刻意塗畫的黑眼圈在蒼白的臉上顯得更青黑。這兩年他在外島服役也聽到家裡的一些事，退下來第一次回到香蘭閣，竟和兩年沒見面的小麗在這麼個地方相會。

「她自己要來做的，由不得你」，「已經替她墊了很多錢了……」他忽然感覺站在車站的鐵軌上，耳邊隆隆車聲來回撞盪著，即將進站的火車頭輪下冒出大量蒸汽，四周一片白霧，月臺上許多人在指手畫腳的說話。抵住他那個保鏢腰間的短刀被他拔出來時竟毫無所覺，喉間還在隆隆的發聲。驟然，尖銳的汽笛聲響了，進站的火車頭即將把他輾成一段一段的肉塊。他毫不猶疑的揚起短刀，狠命的刺下去，拔出來，滿手的鮮血。

另一個惶恐的往後急退，躺在地上那個張大了嘴，驚異的瞪著他，似乎在問何苦如此。那個染滿鮮血的身體蠕動抽搐了幾下，終於垂下了頭……

「小麗，讓我們離開這裡，讓我牽著你的小手，帶你到烏鴉林去……」他張開嘴，想繼續說些什麼，但是乾燥的喉嚨卻只發出絲絲的聲音，像一條昂首待攻的響尾蛇。月亮已移到草寮頂上，由已稀疏的草縫篩入，毯子上一條條明暗相隔的花紋，讓他想起奔馳在非洲草原上的斑馬——國中生物課本上曾經看到過的那條。後來他們說市立動物園裡也有幾匹，他想去看看，卻從來沒有去成。

谷裡一片靜謐，白茫茫的霧氣像土耳其浴的蒸汽一樣嫣然上昇，緩緩的漫過蒼鬱的樹林。覆蓋在霧氣上的萬里蒼穹鑲滿了明亮閃爍的星星，猶似燈下光芒四射的鑽石。那些年，在城裡，他從未看過這麼多、這麼亮的星星！

半山腰星星點點的火光和上昇的霧氣逐漸混合，一閃一滅的，最後終於全部被霧氣漫溢。他有一種如釋重負的鬆弛，隱約的覺得自己和追蹤的隊伍已被一層牢不可破、令人生畏的魔障隔絕！他們永遠穿不過那層厚膜，走到他的天地裡。

## 3

陽光散發著強大的威力，直射入草寮無遮板的一面。他被熱醒了。勉強睜開眼，面對著陽光照耀下的山谷，他吃了一驚，眼前的谷竟是如此清晰翠綠，和昨晚意象中的完全不一樣。心中不由興奮起來，像是到郊外遠足的小學生，無意中發現了一座隱在樹叢後的小瀑布。

他把左手擺在前額遮太陽，右手慢慢撐起身體，全身痠痛，沒平衡好，又抬起右手向後挪了一挪，無意中他碰到槍托，槍和架空的木板相擦，發出空洞的聲音。哦！他忽然清醒過來，趕緊跳下草寮。

很快找到兩塊相鄰的大岩石，中間隔了不到半尺的一條縫，他蹲在岩石後，由縫裡觀察周圍的動靜。斷定並沒有在睡醒後，發現自己已經被包圍這件事發生，心裡安定了不少。他繼續瞭望下面的山谷，距離太遠，又有點面對太陽，看得很吃力，眼角擠出了紋路，高挺的鼻梁上有汗珠凝聚，滑墜到上唇。他用手抹去人中上的汗，摸到短髭已長出，才不過兩天沒刮。香蘭閣的女人都說他長得性格，她們喜歡他唇上濃密的短髭，又喜歡摸他胸前的毛……他看了約一分鐘，決定不再費神觀察。

走進原始林，炎熱的陽光被巨林遮住，不再感覺那麼烙烈，但是乾裂的喉嚨和已經開始脫皮的嘴唇卻令他難挨。以前在一連幾天的野戰演習時也有過斷水的經驗，卻從沒像這次辛苦。他知道，負了傷特別渴望水，再找不到水源，可能會發燒。

林子裡的小徑上鋪著一層鬆軟的落葉，略帶一些潮腐味，積得這麼厚，大概有好幾個世紀了。這一路多是下坡，一夜大睡，體力恢復了不少，他開始小步慢跑，身上的痠痛已然消失。跑了一陣子，又放緩步子，傷口禁不起顛簸，他要謹慎，不能讓它崩裂出血。一邊走，他一邊仔細的聽是不是有淙淙潤水聲。這方林葉如此茂盛，當有水源才是。

他在林子裡奔走，穿過一座又一座的山，幾乎沒有停步。氣溫逐漸爬昇，汗水由額頭、脖子、胸背一路下來，浸濡到腰際。他停下來喘口氣，把額頭上的汗珠用衣袖抹掉。卡其布襯衣已前後濕透，只有前胸還有幾條乾的地方，很像掛在屋簷下的臘肉條，過了春節許久，也還忘了取下吃掉。

他把槍擺在地上的背包上，開始解胸前的鈕釦。夏日已過，山中久無陣雨，不會有吸血螞蝗上身。他可以把襯衣脫下來，繫在腰上或是塞到背包裡。解了兩顆又停下來，想到襯衣可能凝在血塊上，最好別撕動它。

原始林已將近盡頭，樹幹不再那麼高大，午後的陽光由逐漸稀疏的林葉中篩入，灑在地上，晃動的光點像是滿地繽紛的落英，在一張繃緊的皮鼓面上跳動。再下去，他彷彿記得，就是一大段空曠起伏的山丘，只有高不及人的短叢，不但不可能有澗水，而且他要暴露在沒有林樹掩蔽的坡上，一定要儘快通過，起碼把追蹤的隊伍和自己的距離拉長，這樣望遠鏡的效用也就有限了。奔波到現在，最讓他感到安慰的是，一直沒聽到狼犬的吠聲，那麼，他們是沒帶軍犬或警犬上來了。

他看到一條乾枯的山澗，澗裡有萌突斑駁的石塊，澗邊的石上布著一層青苔。他順著山澗走了一陣子，卻看不到被石塊圍成的小水窪。澗溝曲折蜿蜒，穿入一堆草叢後失去了蹤跡。眼前豁然一亮，他趕緊用槍托撥著草叢走。

腳下漸漸濕軟，前面是一塊七、八公尺長的淤泥。他把槍靠在樹幹上，跪在地上在泥裡挖了一個手掌大的洞。水漸漸由洞的周邊滲入，積到半深，也不等泥沙沉澱，就迫不及待的把手帕浸入。吸滿了水，取出來小心翼翼的吮吸上面的水。這樣做了六、七次，他感覺嘴已不再那麼乾裂苦澀，但是水滲入的太慢，依然解不了渴。

他爬了幾步，目光四下搜尋，想找一塊更濕的泥地。雙手和褲子的膝蓋上滿是爛泥，像是剛從戰壕裡爬出來，被砲火和春雨困了幾天的野戰兵。

忽然，他感覺到左前方十幾公尺的地方有東西在蠕動。動作輕微而細瑣，只有憑感覺才會察識到。他迅速伏下，把臉側貼在泥地上，用一隻耳朵聽地上傳來的聲音。泥太軟，他聽不到任何聲音傳過來。過了一會兒，慢慢抬頭，透過草叢頂尖，他看到一隻野獸聳著的背，毛茸茸的一塊淺黑色。

低著頭，牠一定是在飲水，他想，那兒有個小水潭！右邊的草比較稀，他用跪行的姿勢向右邊移了一步，撥開草，一隻山豬赫然呈現在眼前！

山豬一定是被他的動作驚動了，突然抬起頭，向後退了一步，兩隻眼驚詫的瞪著他。

他跪在那兒，雙手撐著泥地，頭半昂揚著，也像一頭獸。

四周一片出奇的寂靜。在林子裡走了這麼久，他一直未注意到曾像此刻一般的安靜。他可清晰的聽到心臟的跳動和汗珠自額前滴在地上的滴答聲。兩隻獸怒目對峙著，中間隔著短草和那片不及一米見方的淺水潭。山豬醜陋的鼻孔在此刻搧得更大，兩隻小豆眼不調和的嵌在壯碩的頭軀裡，嘴的兩側是兩隻兇惡突出的長牙。

他的槍靠在幾步外的樹幹上，子彈沒有上膛。他聽人說過這東西的速度和兇狠，和大拜拜時趴在桌上的那種完全是兩回事。

雙方屏息靜待，緊張的等著對方下一步的動作。野獸只有本能，沒有思想，僵持下去，牠也不一定會轉念頭，該來的總是要來的。「來不及推子彈上膛，還可以用槍托打牠！」想到這裡，他慢慢站起來，心裡平靜的像一泓潭水。

他沒急步去取槍，依然凝視著山豬。

山豬注視了他一會兒，並未像他想像的衝過來。牠轉過身，默默地沒入了草叢。

## 4

太陽落到山後之前發出千萬道光波。

最後一段，他走得很慢。雖不口渴，饑餓卻使他本已大量消耗的體力更形疲虛。進入烏鴉林時，林裡被餘暉染成一片暗紅。本是寧靜的林子，因為他的進入，鴉群又開始發出刺耳的聒噪，似是在抗議他侵入牠們的家園，又似是在互訴這一天旅程上發生的事。他想到有一次和幾個中年的太太共搭一輛野雞車由臺中到臺北，那些女人一路交談，每個女人都在說話，卻沒有人在聽，幾個小時下來，竟然毫無倦容。而他一路一言未發，反倒被轟炸得差點暈車。

他找到了林中那片十公尺見方的空地。地上綠草如茵。一塊花崗岩孤獨的躺在綠草中。許多年前，他和小麗最後一次來時，花崗岩比他們的頭要高出許多，現在竟還不到他的胸部。他繞著岩石轉了一圈，把槍斜依在上面，解下背包和彈帶，把子彈由彈帶上取出來，一顆顆排立在旁邊一塊平坦的、不到一尺高的矮石上。望了望那一排十二個列兵，他滿意的笑了，然後打開水壺，灌了幾大口，水裡有泥腥味。

躺在草地上，半閉著眼，頂上是金紅色的冷雲，連綿不斷的飄向迢迢遠方。他很疲倦，但是睡不著，也不想睡。偶爾，幾隻烏鴉由林外飛來，烏黑的身影襯托在金紅色的雲際，顯得特別突出，很有點兒風景畫上那種淡然寧靜的孤絕。

林裡已靜下來，深遠處一片陰鬱，隱約的散發著詭異淒迷的氣息。這多少年來，在城裡擠攘的人群中，在燠熱蒸溽、輾轉難眠的小鐵皮屋子裡，在心力交瘁、劇烈競爭的靶場上，烏鴉林也曾不只一次浮光掠影般的閃過眼前，而竟也是那麼遙遠與生疏。如今，卻活生生的，親切的擁抱在他周圍，那種與山林大地的歸屬感……

「徐兆鴻，雙手擺在頭頂上站出來！」

他從春天的歌曲中驚醒過來，洪隊長響亮深厚的閩南語在石後的密林裡蕩漾。

他沉默了一會兒，了無移動之意，時間凝聚在靜謐的暮色中。「這些條子（警察）居然不聲不響的抄了近路。」他想，左手在褲袋裡撫摸著小塑膠珠荷包，裡面的子彈在拇指和食指之間輕柔的滾動著。草地像厚褥一樣柔軟。

一隻烏鴉迎面飛來，棲在密密細織的枝間，點了幾下頭，又開始慢慢撲抖翅膀。

他眼睛停在烏鴉身上一會兒，忽然一道靈光閃過，他由草地上起身，反手抓過獵槍，順手撿起一顆子彈，迅速的推上槍膛。

烏鴉飛出枝，他頂槍托入肩窩，兩眼迅速的隨著飛鳥移動。鳥兒掠過他的頭頂，在空中拍了兩下翅膀，飛過空地，飛向追蹤的隊伍隱藏的林子。他舉槍瞄準，屏住氣息，扣扳機……

枝上大批烏鴉被槍聲驚動，四散飛起。林中忽然奔出許多小動物，甚至有隻灰兔子跳過眼前的空地。他抿著嘴得意的笑了，沒想到除了鳥兒，還有這麼多動物一直在冷眼窺伺著他。一顆子彈竟也弄得牠們如此驚惶。

望著滿天飛鳥，他快速的抓起子彈，塞入槍膛，瞄準、射擊、瞄準、射擊、射擊……

連續八聲槍響之後，三隻烏鴉落下。

一連串的快動作，他又仰背靠回岩石，緊閉著嘴唇和眼睛，鼻孔大聲出氣。腳邊剩下的四顆子彈，有三顆排立在矮石上，一顆躺在旁邊，那是剛才他幾次快抓子彈碰倒的。

半天沒有聲音，一個帽子擺在地上的胖警員轉向另一個半蹲在樹後的輕聲說：「我追蹤的人星散在林中的樹幹後，手裡握的各式長槍短槍都已上膛。

蹲在樹後那個想了想，「不，我記得數了九響。」

「我……還是繞過去瞧瞧。」

「你別……」不等半蹲那個說完，胖警員已經彎著腰以小灌木叢作掩護，躡手躡腳的摸出去，肥胖的身體曲成一團，像隻可愛的肥老鼠。

沒走幾步，槍聲忽然又響，胖警員趕快趴在地上。兩聲過後，一隻烏鴉由枝尖墜下，就在他眼前幾尺處。

「十，十一，好槍法！」幾個條子心裡同時讚嘆。胖警員慌慌張張的倒爬回樹後，順手把帽子也撿了回來。

剩下的幾隻烏鴉已全部飛出，沒有一隻再飛回來。

又是一陣沉靜與等待，似乎沒有人知道該怎麼進行下去。危機與廝殺在醞釀中，卻又像是一場狀況不明的協調。

「徐的，你給我站出來！」洪隊長總算打破了幾千年的沉寂。

徐兆鴻毫無反應，半跪在花崗岩後面，只探出半張臉，兩隻眼睛緊盯著林裡。他可看到樹後露出的一些槍管，還有草叢裡若隱若現的身體。甚至那個胖警員也似是機警的在一株樹後探頭探腦，卻胡裡胡塗的把自己大半個屁股暴露在樹幹的另一邊。

他有些許悵然。林子裡的人都不是他所關慮的。他的心中只有滿天的飛鳥，而烏鴉卻飛得一隻不剩。

忽然，由最遠的一株樹後面，應先生搖搖擺擺的走出來，手中揮著一條白手帕，樣子很滑稽，像一隻在跳恰恰舞的企鵝。

「兆鴻，我是應老師。」他清了一下喉嚨，正要繼續說下去，一隻烏鴉由他身後撲翅低飛出來，徐兆鴻眼前一亮，啊！那隻烏鴉的頭部竟然是紅色的。

他由半跪的姿勢驟然起身，把獵槍夾入肩窩，沒有多瞄準即舉槍發射，子彈打在應先生身旁一株半枯的樹幹上。碎木片像水花一樣四濺，一些木屑噴在應先生臉上。

洪隊長看呆了，有人大喊：

「十二！最後一顆！」

應先生驚愣了一下，很快又恢復了鎮定，手中搖著白手帕，繼續向前走，口中喃喃念著一些含糊的話。

躲在樹後的人逐漸站出來，盼待著一個數日不眠不休的戰爭的結束——或是一個啟始。徐兆鴻雙手握著獵槍，挺胸立在花崗岩旁邊，和他們面對面互望著。此時，大地復甦的此時，他完全清醒過來，快樂像春日的小溪，涓涓滴滴的將鮮醇注入他體內。那時，他想起，那段打烏鴉的日子，那個溫馨瑰麗、遙遠而感傷的童年，大片蒼鬱的森林，萋萋的草原，廣袤的平疇曠野。啊，小麗，阿母，阿爸，我們四個人……

紅頭烏鴉在天空中盤旋了一陣子，忽然又飛回來，降低了高度，直飛向密林。夜幕初降，紅色逐漸退去。

徐兆鴻左手迅速的伸入褲袋，掏出裝在小塑膠珠荷包裡的子彈，卡上槍膛，瞄準，槍管直指向蹣跚而來的應先生。

「小麗，天已黑了，讓我們打下這最後的一隻紅頭烏鴉！小麗……」

許多人同時大聲喊叫應先生臥下！

洪隊長毫不猶疑的舉起了卡賓槍，拉開保險。

應先生依然視若無睹的向前走。

槍聲響了，緊接著又響了一聲。

紅頭烏鴉落在應先生身後。

徐兆鴻睜大了眼，緩緩倒下。「小麗……」

槍聲逐漸向遙遠的林中退去，遙遠的，衰弱含混的退去。血由他的左前胸滲出，輕柔的晚風拂過他散亂的髮際，像母親的手一樣，輕柔的。

# 獵戶之星

——*And God said let there be light; and there was light.*（舊約《創世紀》）

## 1

程士毅和沈麗君進入舊金山國際機場候機大廳時，北京飛來的「中國民航」客機剛剛滑入停機坪。落地長窗邊站滿了接機的人，默默的望著波音七四七客機悠緩的運轉到接機空橋上。

他們倆站在層層人群後，麗君向前伸著脖子踮著足，眼前是大片漾著天光的玻璃窗和密密麻麻的黑人頭——很久沒站著看戲了，最後一次是許多年以前在新公園聽民歌演唱，天飄著微雨，她發燒，臉又紅又熱，媽媽和爸爸吵架，一個人賭氣先走了。爸爸緊緊的摟著她，安慰她不要難過。

那時候她十一歲，念國小五年級，正走在那場渾噩的臺北盆地的惡夢中……

「二哥馬上要出來了，我們到出口去等吧！」士毅輕推著麗君的腰向旁移動。

「國外旅客要通過驗關，起碼還得等一個小時。」

前排有人回過頭搭腔，是士毅的大學校友小趙。士毅進入機場大廳時就已看到他，卻沒想和他打招呼。

「啊，是小趙，好久不見，來接親戚嗎？」士毅近似敷衍的問道。

「不，來接一個電腦軟體考察團，都是北京來的，你呢？」小趙的語氣有點掩不住的興奮。

「我的哥哥由北京來，也是來考察的。」

「噢，哪一個單位派來的？」小趙興趣被挑起來了。

「他在學校教書，」士毅說，又含糊的接上一句：「教英美文學。」

「喔，」小趙似乎有點失望，「現在國內派出來的人真多，學文的也有機會出國了。」

當年在臺北念大學他們同住十一宿舍。小趙來自中南部，第一名考入農工系，一年後轉入電機系，成績一直名列前茅，很用功，每一分鐘都支配得密不通風。社團活動、課外娛樂絕不插手，似乎也沒什麼興趣和嗜好。士毅和他同寢室兩年，現在想想，卻也記不得曾和他談過什麼話。只記得他有一次輕描淡寫的說過，他認為做人應該實際，沒有用的書少看，沒有目的的課外活動不必浪費時間。最讓士毅忘不了的，小趙曾表示過，他認為大一國文、本國近代史這些共同科目，應一律由工學院課程中刪除。

出國後士毅又在密西根州遇到小趙。那陣子留學生的保衛釣魚臺運動鬧得兇，左右兩派每天在校園裡短兵相接。但是這些如火如荼的學生政治活動對小趙毫不發生影響，漠然的態度甚至使有些人懷疑他是情治單位派來臥底的職業學生。研究所畢業後，小趙卻在金山灣區一家公司裡活躍起來，並且巧妙的和中國大陸搭上了線。在美國和中國大陸之間像花蝴蝶一樣飛來飛去。

卻也從來沒聽他對中國大陸發表過任何意見。

小趙見士毅無反應，拉了拉三件頭的西裝，又推了推眼鏡，繼續談下去。

「我的意思是說，科技和實際的管理人才對中國還是最重要。如果有科技的底子和管理的才能，那是最理想不過了。在美國，一流的管理人才不是商學院出身，而是工學院的畢業生，再加一些企業管理的訓練，你——同意嗎？」

士毅微微點一下頭，這種場合，他實在不想多談，但是又不想冷落小趙。以前剛來灣區，大家和小趙還有來往。後來小趙那個癡呆兒的男孩長大了——屬於癡呆兒的模範生那種，不吵也不鬧，只是見了女客有「亮槍」的毛病，大家和小趙也就疏遠了。

小趙愈來愈帶勁兒，像是吃了藥一樣。

「讓我分析給你聽吧！因為工學院的教育刻板而又嚴格，一切都照著現實的公式來支配。這樣造就出來的人才當然頭腦冷靜，事事遵循理性的原則，絕不會被感情或個人的喜惡所支配，管理人才就需要這種基本特質……」

大廳裡人聲開始嘈雜，散出的熱氣逐漸壓過空氣調節。士毅耳邊嗡嗡的語聲和小趙積聚了十多年傾巢而出的口沫橫飛，混成一軸弦鈸交錯的大歌仔戲。他心裡躁急，卻又不知躁急的是什麼。是為了接了二哥，馬上又得趕回公司去處理那件焦頭爛額的事？是那個房客拖賴房錢？還是為了立刻要見到二哥——一個由灰燼中重現的人……

親哥哥！在機艙裡的二哥，該也正在焦急的向艙洞外探望吧！他很難想像二哥是什麼樣子——手裡提著一個大陸流行的紅藍白三色尼龍線大手提袋，身量不高，瘦削黝黑的一張方臉，兩鬢有些白髮，艱苦的歲月在他多骨的臉上刻畫出早衰的皺紋。他今年幾歲？三十七？還是三十八？

那年北京圍城的時候，他還沒上小學，二哥剛入一年級，兩人寄住在東城舅舅家。父親在傅作義的守城部隊裡任砲兵連長……

❖

局勢是那麼緊張。

父親駐守在郊外的砲兵陣地裡，一連幾星期不能回來看他們。兩軍對峙，戰爭膠凝在狀況不明而相互衡量的等待中，縱然白天，城郊也會傳來稀疏的砲聲。

城裡全面戒嚴，學生反政府的遊行卻是不顧一切的搬上大街。家家戶戶關著大門，唯恐治安人員的流彈或是心機莫測的遊行學生會忽然穿進四合院來。

那段兵荒馬亂的日子，卻是小兄弟倆最快樂的時光。

反正跑不遠，每天二哥下了課，兩個小孩就到胡同裡打玻璃球，或是穿過街口的織女橋到小排水河去撈小魚。要不然在小雜貨鋪旁租了小人書，坐在小板凳上一看就是幾個鐘頭。士毅不認識幾個字，二哥認得的字也不多，半猜半編的把小人書上的連環圖畫故事講給士毅聽。士毅太小，聽不懂，二哥一遍又一遍，不厭其煩的一直說到士毅打哈欠為止。

胡同裡沒有車，是附近小孩的遊樂場，有時也有野孩子跑進來耍賴皮鬧事。有一次有個野孩子搶了士毅剛到手的洋畫片兒，搶了就跑，士毅驚慌失措的大哭。二哥立刻追上去攔，兩個小孩在地上打成一團。二哥不是對手，挨了揍，滿臉的泥和血，站起來拍拍身上的土，看見士毅還在那兒哭，也顧不得自己，立刻一拐一瘸的走過去，摟著士毅，把口袋裡的玻璃彈珠全掏出來，塞在他的小手裡，這才止住他的哭聲。

二哥只比他大十三個月，卻像個大了好幾歲的大孩子一樣照顧他。舅媽不止一次說過，「祖俊這孩子真懂事，父母不在，他就像個大哥哥的模樣。看看對街柳家那兩個，哥哥比弟弟大三歲，弟弟有什麼好東西他都搶。趕明兒個長大了，要是老二先交上女朋友，老大不下手去搶才怪呢！」

城是四面八方都被圍住了，學校停了課，槍砲聲彷彿也消失了。聽大人說是在談判，士毅記得那時水電都被切斷，糧食運不進來，不時有飛機空投米袋。有一次一大袋米就掉在隔壁的胡同裡，差點兒砸到一個小孩子的腦袋。

舅舅每天興奮的忙進忙出。後來幾乎每天晚上都有一批人來看他，在四合院的北屋裡點著煤油燈討論事情，嗓音壓得很低。他們永遠不會一起來，也不一起走，每個人離開街門時一定先四下張望一下。二哥告訴他這些人是來開會的。

寒冬正月，天黑得特別早，北國乾冷而晴朗的夜晚滿天星斗，颳了幾天的西北風在午後就停了。北屋「開會」的人離開後煤油燈已滅，士毅和二哥走到院子裡，站在牆邊仰望著明滅閃爍的星星。

「小毅，看那一堆星星，你知道叫什麼嗎？」

士毅順著二哥手指的方向望去，搖搖頭。

「上次我們不是在小人書上看到，我告訴過你，記不記得？」

「是嗎？」士毅一臉茫然。

「叫獵戶星座。」二哥說道。

「噢，對了，我記得。獵狐星座，就是一隻大狐狸……」

「不是，是獵戶星座，就是打狐狸，打獵的人。你看那幾顆星，就像一個打獵的人在那兒拉開弓箭一樣。最上面的一顆星是他的頭，緊挨的兩顆是兩隻手，中間那三顆一排橫著的是腰部，再下去那一堆是他的劍鞘……」

「啊，我現在知道了，我知道了。」士毅高興的大叫，沒想到小人書上畫的星座，現在就在眼前。

「最底下的兩顆星是他的腳。」二哥態度忽然嚴肅起來，口氣有點像個小大人。

「記住，左邊那隻腳，不，那顆星星，就是我。右邊那顆星星是你，明白了吧？你要記住啊！」

士毅點點頭，一臉的困惑，弄不清自己和二哥怎麼會變成了兩顆星星。

小兄弟倆回到黑漆漆的房間，躺上床睡覺，不知何時北風又起，屋窗被吹得格格作響。二哥很快沉入夢鄉，士毅仍然望著窗外黑夜長空裡閃爍的星光。獵戶星座那兩顆星星，在群星中似是特別明亮，像是黑夜屋頂上一隻受了驚的貓，睜大著瞳孔俯瞰著他。

啊，那是天上的二哥和他──兩顆永遠緊依在一起的星星！

睡著了以後，他夢見自己和二哥在胡同裡和野孩子打架，二哥忽然長高了，把野孩子打得四處亂竄；他也夢見他和二哥真的變成了兩顆星星，在天上無拘無束的遨遊；他還夢見爸爸穿著筆挺的軍服在遠處向他招手，他興奮的跑去，爸爸卻不見了……

郊外的戰事全面停止。

街上偶爾看見帽子上有紅星的軍人坐在吉普車上。北京的市民以安詳和舒緩的態度來接受這個變化。人們在胡同裡依然噓寒問暖；公園裡提著鳥籠子穿著厚皮襖的人緩慢的邁著方步；朝曦中打太極拳的老頭以平穩的步伐推送著手勢。外邊的世界變化不了他們。幾百年來，北京的市民對朝代的更迭和政權的轉移已習以為常。北京的市民聽天由命。

舅舅似乎變成了一個很重要的人，常常有鄰居和朋友來拜訪他。來訪的人對舅舅畢恭畢敬。舅舅紅光滿面，很有自信的大聲和他們談話。有些人帶了糖果和玩具給他們哥兒倆，臨走時還摸摸他們的頭，稱讚他們乖和長得好看。兩個小孩都有點兒納悶，怎麼忽然會受到重視，以前那些人看都不多看他們一眼的。

「以後日子會好過得多，學校不久就要恢復上課，他們會得到比較正確的教育。」舅舅一邊說，一邊微笑的向舅媽點頭。要回去上課當然是一件不愉快的事，問舅媽什麼是「正確的教育」，舅媽也答不上來。

還沒回學校去上課，舅舅就離開家，說是要去東北工作一個月。舅媽說這是結婚兩年來第一次分開，幸好有兩個小孩給她作伴。舅媽不像舅舅；她是個柔順而膽小的人。半年前開過一次刀，有一次無意聽到鄰居聊天時說，她永遠不能生小孩。

舅舅走後幾天，半夜裡士毅和二哥從熟睡中忽然被叫醒。恍惚在眼前的是一個高大的男人，穿著北方農民常穿的那種深藍色的棉襖棉褲，手裡提著一個大布包，腳上一雙厚棉鞋。士毅睡眼惺怯的晃了幾下，忽然站在床上，高興地勾著他的脖子大叫：

「爸爸，爸爸，你打勝仗了沒有？」

「打贏了！打贏了！小毅，快起來穿衣服！」

「爸爸，胡同裡的小孩都說你打了敗仗。你明天穿上軍裝去給他們看看好不好？」

「爸爸明天不能去。爸爸現在要帶你走了。」

「到哪兒去？」士毅一邊穿長褲一邊問：「小俊去不去？」

「爸爸要帶你去一個天氣暖和的地方，有很多花，很多鳥的地方。」爸爸一邊急急忙忙的替士毅扣鈕釦，一邊對呆愣在一旁的祖俊說：

「祖俊，這次爸爸只能帶一個人走。你留下來陪舅媽住一陣子，等爸爸安頓下來，再回來接你。祖俊……」爸爸的聲音堵住了，用力嚥了一口口水。「小俊是哥哥，什麼都讓弟弟，是不是？」

士毅看到二哥沉默的點點頭，一絲陰影掠過他幼小的心。他並不確實知道是怎麼回事，但是模糊的意識到兩個人要分開了。

舅媽牽著二哥的手送他們到大門口。外面好黑，街上冷清清的，街燈也沒亮。

爸爸回過頭來蹲下身子，緊緊的擁抱著二哥，爸爸的鬍子一定刺得二哥臉好痛；還有他面頰上被風吹過冰冷的水滴。他張大著嘴，想說什麼卻又說不出來。

舅媽輕輕的拍了拍爸爸的肩膀。爸爸站起來推著士毅向前走，他一邊走一邊回頭看站在門口的二哥。他看不清二哥的臉，天太黑了。

爸爸像是下了很大的決心，闊步的向前走，他急急忙忙的趕上去，牽上爸爸的手，走過一堵又一堵的牆。

走到街口那座他們在下面撈小魚的小橋，爸爸放緩了腳步。士毅抬頭望著面色凝重的爸爸，正想問爸爸一句話，無意中看到滿天星光的長空，一絲靈感像流星般驟然閃過，他回過頭，二哥的身影依然立在大門口。

士毅掙脫了爸爸的手，迅速的向回跑，邊跑邊喊道：

「小俊，你看天上的獵戶星座，右邊那顆星是我，左邊是你！」

❖

士毅和麗君穿過層層人牆，湧到前幾排。中國民航的旅客已三三兩兩的走出驗關口的自動門，出口的速度慢，每個出來的人都張大著嘴，眼睛四下搜索。門裡有人走出來，人牆裡就是一片歡呼或失望的聲音。前幾排的人擠成一團，士毅焦急的伸頭向前看，汗珠由額上冒出。旁邊兩個矮小的老太婆一邊毫不客氣的推攘他，一邊用奇怪的廣東土話大聲交談。離奇的是兩人同時都在說話，卻沒有人在聽。那種清脆的尖嗓子，拌合在四周混沌的人聲中，確是出類拔萃——廣東臺山鄉下來的。

士毅有一種要窒息的感覺，對身旁的麗君說道：

「反正也不知二哥長得什麼樣子，我們還是到後面去等吧。」

他們殺出重圍，坐在靠窗的黑皮面長板凳上，這才喘了一口氣。士毅掏出菸來點上一枝，深深的吸了一口，又緩緩的吐出。

麗君皺起眉，揚手揮了揮飄到面前的煙霧。眼前來回走動的人，看到她的都不免多瞄兩眼，甚至有人會回過頭來看一眼。對這些，她已習以為常。她的高鼻梁，天真稚氣的大眼睛，薄薄的嘴唇，還有配合她臉型的短髮，從小就給她「深閨玉女」的外號。這也是她在學校和社會占盡優勢的本錢。

昨天傍晚，她剛由中南美近一個月的出差回來。今天一大早就被士毅興奮的電話吵醒，又被拖回機場，最近這半年她對他的百依百順，令士毅感激，詫異，又感到過意不去。

但是，她的心情又豈是士毅所能了解的。

兩個星期前，士毅接到祖俊輾轉託人帶來的一封信——居然還是一封英文信。信中告訴他在友人家巧遇由美國回去探親的胡先生，閒談中竟然發現胡君和士毅曾任職同一公司，所以急託赴美作交換學者的孫向東同志轉達此信，同時又告訴他，自己也將在幾個星期內赴美作短期學習及考察。他的信中還提到一些這些年的情形；名字改了，同時為了躲避文革和一些信中含混其詞的理由，而以舅舅軍烈屬的身分加入解放軍。越南戰場負傷後退下入大學念書……

信看不到一半，血液已衝上士毅的腦門，事情來得太突然，有措手不及的感覺。他放下信，努力的思索著，想理出一個頭緒，又拿起信來一遍又一遍仔細的看，眼前的字卻彷彿都看不下去，腦子裡是一片空白。多少年來，他經歷過許許多多的事，卻從沒像此刻這麼激動過。

剛到臺灣那幾年，他常想起祖俊，尤其獨個兒仰首望星光滿天的南臺灣夜空，更讓他模糊的想到那個呵護著他，為他而被打得滿鼻子血的親哥哥，以後他逐漸長大，有了新朋友、新事物，時間沖淡了他對祖俊的記憶。上了初中童子軍課，他又知道獵戶星座每一顆星所代表的位置，竟和祖俊告訴他的大相逕庭，當時的確讓他失望。最後，他幾乎是徹底的忘了還有這麼個哥哥。

來美國後，他曾寄過兩封信到北京的舊址，也託了早期去中國大陸探親的朋友打聽，都沒下文。他想，祖俊說不定已經不在人世間了。

現在，二哥的筆跡活生生出現在眼前一方小藍信紙上。二哥該是不惑之年的人了，而浮現在士毅腦子裡的，卻是一個剃小平頭的圓臉小男孩。

士毅終於平靜下來，很快回了信，附上一張自己的半身近照。同時要求祖俊立即通知機次，他要帶自己的「愛人」去機場接他。

由關口出來的人，夾雜在海外華人和洋人當中，一眼就能看出是由中國大陸來的。有親友來接機的，幾乎立刻就被認出來，歡樂的相互擁抱或握手。

人牆逐漸稀薄，人們三三兩兩的站在廳廊裡交談，大包小包的行李箱滑過士毅腳邊。似乎每一個看起來由中國大陸來的中年男人都像祖俊，又似乎都不可能是他。士毅茫然的站著四下張望，心裡惦記著祖俊會不會臨時又改了行程而來不及通知他，還是……

他悵然漫步到關口大門欄線前，不經意的撫摸著欄線的銅柱頭，盯著幾個由關口側身而出的中國人，卻都是看來六十多歲的老人。他正要掉頭，背後傳來了低厚的聲音。

「我想你是士毅吧？」

他猛一轉身，祖俊已經整個人微笑的站在他面前了，雙眼溫和的望著他。

「二哥！」他喃喃吐出兩個字，只有自己聽得到。

兩人雙目對視著，祖俊頷首微微點了下頭，伸出手來。四周嘈雜的人聲突然靜止了，太虛幻境的靜籟裡，兩顆孤星並排的遨遊著。三十多年庸庸碌碌的歲月，凝聚在地板光滑、屋頂高不可及只有他倆的大廳裡。他慢慢接過祖俊的手和微笑，嘴半張著，卻說不出話來。

眼前的祖俊，高大挺直的身軀藏在一身剪裁粗糙，寬大而不太合身的淺藍灰色西裝裡。臉略瘦，不太黑，也沒有臆想中的風霜和皺紋，鬢角已有初現的灰白。兩眼並非炯炯有光，但溫和和堅定的眼神給人一種親切而可靠的感覺。

「士毅，你和照片上差不多，我一眼就認出來了。」

「是嗎？」他神情恍惚的隨口應著。

一段漫長的沉寂，祖俊在等著他說下一句話。他終於掙脫出來，恢復了平靜，卻是一句聽過千百次的客套話。

「這一路上——可辛苦啦！」

「還好，只是第一次坐飛機，鼻子和喉嚨有點兒乾。」祖俊話說得慢，卻不像帶有長途跋涉的疲憊。他停了一下，若有所思的接著問道：

「你的夫人？」

「噢，其實我們還沒結婚。她——剛剛還在這兒，咱們去找找她。來，我幫你提這件行李。」

士毅穿過人群，把祖俊帶到麗君面前。

「這是二哥，程祖俊。」

然後轉向祖俊：「我的……沈麗君，你就叫她麗君吧。」

「啊……」麗君用三隻手指半遮著嘴，微微點頭，卻瞪眼直視著祖俊，不知所措的站在那兒。

三個人都不知如何接下去，頓時癡立成一個有趣的三角形。

士毅終於放鬆自己，轉向祖俊委婉而誇張的說：

「以前常向麗君提過在中國大陸有個失踪的哥哥，這下子忽然見到廬山真面目，大概是驚喜過度了。」

祖俊恢復了溫和的微笑。淺淺欠身，望著麗君說：「麗君，您好，謝謝您來接我，士毅真是運氣，有您這樣一個……」

麗君微微顫抖的伸出手，被祖俊的大手堅定而稍帶力的握著，手心涔涔滲出了汗水。她有一種要暈倒的感覺，祖俊很快用左手扶住她的肩膀。那隻手，她感覺，也似是在顫抖。

# 2

士毅減緩了車速，陽光由清晨的薄霧中透出。寬敞筆直的高速公路上，稀疏的幾輛車優閒的滑行著。比起上班的日子，一輛接著一輛忽停忽走的擠塞，週末開得要愜意得多。

「昨天晚上休息得還好吧？」士毅調整了一下坐姿，把左手臂伸出肩帶外。「我由公司回到家已經十一點多，看你睡得熟，也就沒驚動你。」

「行，行，時差好像立刻就換過來了。現在應該是北京的晚上十二點。倒一點兒也不覺得睏。」一旁座的祖俊一邊看錶，一邊輕快說道。

「現在要去的蒙特利是史坦貝克的家鄉。《伊甸園東》、《憤怒的葡萄》這些小說都是以這裡作背景。」士毅說得有些吃力，全部中文譯音，刻意避免唸出英文名字來。

「念書的時候看過他寫的《憤怒的葡萄》，那種不合理的現象在資本主義的社會裡總是存在的，大概美國和臺灣……」祖俊話說到嘴邊又嚥回去了。

士毅立刻接上話。「那本書寫的是三〇年代經濟大恐慌時期，現在美國的社會福利制度相當健全，社會主義國家也比不上。至於臺灣——現在的臺灣和四九年時的舊中國完全不同了。」

兩人同時沉默下來。

車子開始進入山區，崎嶇的山路取代了寬直的高速道。敞闊的中央分隔帶換成四英尺高的水泥緩衝牆，一條灰色蜿曲的長蛇漫伸在狹窄的左路肩上。士毅雙手熟練的在駕駛盤上交互運作，祖俊被左旋右轉忽上忽下的顛簸弄得有點緊張。在國內他乘過野戰軍的軍車，在更壞的山路上駛過，卻也從來沒有開過這麼快。每個急轉彎似乎就要撞上緩衝牆，但是車頭總又巧妙的避開。士毅悠然自得毫無疲意，坐在後座的麗君望著窗外，似也滿自在。祖俊拉開胸前的安全帶，輕輕的吸了一口氣，舒緩的吐出——積壓在胸中的緊張一起吐出，他要放鬆自己，不讓他們看出自己和他們的不同。

昨夜一夜他未曾安眠，時醒時睡，那些事，那些往事，近的，遠的，想擺脫而又何能擺脫。但是，他不要士毅知道——他是我的弟弟，永遠是我的小弟弟，他想。

山中的霧逐漸濃密，東邊的山坡擋住了初昇的陽光，坡上蒼鬱的針松在濃霧中若隱若現，車子駛出濃霧，眼前又是一片盎然綠意。針尖的晨露被陽光照得閃閃發光，像是一顆顆的小鑽石。車在陽光和陰影間穿梭著，飛奔在身邊的霧白猶如飄散而去的歲月。祖俊的左膝開始隱隱作痛，那個在雲南邊境隱隱作痛的日子又浮現在腦海中……

隆隆的砲聲響了一整夜，山丘上的樹木幾乎全被燒焦，沒有人分辨得出砲聲究竟來自何方？有多少座大砲在交火？又射向何方？

他拖著泥濘疲憊的身子往坡上爬，草綠色軍褲上幾個破洞滲出的血已被體溫蒸凝成血塊，碎彈片擊中的左膝也停止流血。但每走一步，依然感覺到嵌在肉裡的金屬碎片和骨頭在摩擦，甚至幻覺的聽到細碎的摩擦聲。

雖是冬季，潮濕的亞熱帶卻溫和宜人。濃密的晨霧籠罩著山丘，遮蓋住戰爭猙獰醜陋的一面。他的恐懼已經隨著時間和天亮逐漸消失，砲聲和槍彈聲也停止了。

迷濛一片，越往上爬霧卻越濃，四周什麼都看不到；像是被遺棄在一個寂靜，與塵世永遠隔絕，永遠回不來的異境裡。此時，孤獨與恐懼又像癌細胞般，一吋又一吋的蠕爬回來。

他停在一棵焦黑的大樹旁，小心翼翼的喘著氣。想抽一枝菸壓壓神，摸摸口袋，才想起菸早就抽完了，上一枝菸還是在一個死屍身上摸來的。

忽然，樹後也傳來輕細的喘氣聲。啊！這下總算遇到戰友了！

他興奮的站出來，那個兵也由朦朧的樹後站出來，兩個人幾乎都要高興的大叫擁抱，把整夜的恐懼全部由心裡叫出來！

一瞬間兩個人都愣住了！軍服的顏色不一樣！越南兵比他整整矮了一個頭，反應卻很快，一邊拔刺刀，一邊大喊衝上來。

祖俊接住他，兩人扭打成一團。越南兵的刺刀削掉了他半節小手指後，自己也被橫在泥坡上的樹幹絆倒。這給了祖俊機會拾起步槍瞄準。越南兵坐在坡上，驚恐的往上蹭。

此時，祖俊的恐懼已被鎮定取代。他有足夠的時間來賞玩這個他所擄獲的獵物了。那張比自己幾乎年輕了二十歲，稚氣未脫的臉，有南方人的黝黑，但是清秀而嫩滑。天真的大眼睛四周長著像女孩子一樣長長的睫毛。

孩子急促的向他搖手，嘴中喃喃吐著一種奇怪的語言。他聽不懂他說什麼，但是他知道孩子一定在向他哀求。

他放下槍猶疑了一下。這才感覺到淌著鮮血的左小指，開始有一種他從未經歷過的，刻骨銘心的劇痛。這種情況，是絕對無法把一個俘虜帶回去了，茫茫大霧帶又帶到哪裡去呢？

一瞬之間，那種你死我活的念頭油然而生，他再度拿起步槍，對準孩子的左胸。他不要看他的臉，他是個保衛中國疆土，為中國而戰，也可以為中國而死的軍人，沒有什麼值得考慮的……

孩子的身體停止了抽動，仰天躺在泥坡上。他站在孩子滿身泥濘的軍服前俯視，四周的霧在他身邊飄過，空氣中有硫磺硝煙的味道，是他很熟悉的那種，小時過春節放砲竹時常聞到的。

那張臉平靜而了無恨意，像是熟睡在一個充滿了愛和同情的世界裡的小弟弟。他在想像著，這個孩子是不是有一個溫暖的家庭？慈愛而勤於耕作的雙親？可能還有一個和他一起長大，陪著他玩，處處關愛他的小哥哥。他的口袋裡甚而有一張哥兒倆的合照呢，他們笑得那麼開心，那麼自然……

忽然，他想起，他也曾有過一個小弟弟。那天晚上，弟弟掙開父親的手，一邊回頭跑一邊喊：

「小俊，你看，獵戶星座……」

❖

啊，獵戶星座！

「你說什麼？」士毅半歪過頭來問祖俊。

「噢，沒什麼，」祖俊不好意思的笑了笑，「大概說了夢話，平常在國內很少有機會坐長途車，上了車很容易睡著。」

士毅趕緊若無其事的回過頭看麗君，以解除祖俊的窘態。他一直以為麗君一路沒出聲，一定睡著了，沒想到，她頭靠著車窗，眼睛正凝視著窗外呢。

「麗君，怎麼一路都沒聽你說話？」士毅問道。

麗君瞟了他一眼，淡淡的笑。

祖俊回過頭來關心的說道：「麗君，你是不是暈車？要不要和我調個座位？前排不那麼晃。」

麗君搖搖頭，凝視著窗外的眼睛轉都沒轉一下。

進了蒙特利市，士毅把車停在一條老街上。街兩旁有些木造舊工廠改建的紀念品店和咖啡屋，典型的古蹟重建觀光區。

士毅攤攤手說道：「咱們下去看看。」祖俊扳著車門上的金屬把手，卻怎麼也打不開車門。他上下搖動，車門文風不動，越急越打不開，換了另一個塑膠的把手，還是無效。

「喔。」士毅左手扶著駕駛盤，低側著身體越過祖俊，用右手中指輕輕勾了一塊金屬小片板，車門喀嚓一聲開了一條縫。祖俊帶著感激和尷尬的表情向士毅笑了笑，趕緊下車要替麗君開門，麗君已經自己開了車門昂首而出。

他們沿著小店一間間的瀏覽，陽光灑滿了一地。祖俊似乎受到明亮陽光的感應，說話聲音也大了。士毅看到祖俊高興，自己也不由得高興起來。

一路邊走邊聊，這才發現麗君從進入第一家店後就走散了，於是又掉頭去找她。長長的街，滿街的遊客，足足半小時後，才在一家甜餅店找到麗君。她坐在一張靠窗的小檯子前，心事重重的怔望著窗外，連他們站在窗前都沒注意到。

「麗君，怎麼沒跟著我們，到處找你找不到。」士毅半皺著眉，有點兒不高興的說道：

「我們在這家店前面晃了兩三次，你看到總該敲敲窗子啊！」

麗君瞪了士毅一眼，正要開口說什麼，看到他身後的祖俊又閉上了嘴，拾起桌上的小紙巾，纖細而輕巧的沾拭唇邊的水漬。

祖俊愣了一下，很快嘴角又擠出歉然的笑容，「我和士毅一聊天把別的事都忘了，讓你一個人在這兒坐了這麼久。」

士毅和祖俊拉開椅子面對面坐下。三個人占了小方桌的三個邊，另一邊頂著牆，陽光照到他們靠窗的那一排桌子。女侍拿了菜單過來，祖俊接過來看了半天悶聲不響，金髮的女侍耐心的站在旁邊望著他。

「噢，我們就來兩盤混合點心吧。」士毅想到自己剛來美國時，面對洋菜單也是一籌莫展，趕快替祖俊作了主。接著又問道：「你要咖啡還是茶？」

「我來一杯茶……不，咖啡。」

「麗君，你呢？」

麗君淺淺一笑，卻盈盈起座。「你們多聊聊。我出去逛逛，半小時後再回來會你們。」

士毅看著麗君登登一陣高跟鞋聲離座而去，又轉過臉來對著表情木然的祖俊問道：

「剛才咱們說到哪兒啦？」

「噢，」祖俊由愕然中醒過來，「說到你有一間公寓租給一個由臺灣來的離了婚的太太，帶著兩個小孩，付不出房錢那檔子事。」

「對了，明天一早我還得去請她搬家。她付不出房租，我每個月還是得付銀行的分期付款。在這個國家裡，貧窮就是罪惡！誰也別想給誰添麻煩。」

「那——」祖俊想說些什麼，又不知該說什麼好，一個陌生的環境，似是有情而又無情的社會。

士毅等了一下，看他無言，又繼續下去：「那間公寓我在五年裡租出去過六次，這是第一次遇到麻煩。每次一租出去，我從來不再去看。有些房客為了表示好感，請我去吃個晚飯之類的，我也絕對不應。」

「那是——為什麼？」祖俊困惑的問道。

士毅斜眼看了他一下，冷靜而清晰的分析道：「房東和房客的利益永遠是對立的，所以得保持距離，相互了解的越多，人的弱點也就越容易暴露出來。我必須要避免和房客建立感情和友誼，否則一有利害衝突，就為難了。」

祖俊不再說話。他在想，向一個帶著兩個孩子的女人下最後通牒，該是什麼樣的一種情況？而為了達到目的，那種軟硬兼施的話又要怎麼說？當初舅媽帶著他住在北京那個四合院裡，可曾也就是相似的境遇？

舅舅在朝鮮戰場上失蹤後，他們享受過幾年軍人烈屬的待遇，鄰居和街坊小組對他們都很尊敬。後來日子變了，似乎什麼人都出了毛病，四合院裡搬進來好幾家人。他們起先還住正房，後來說他們只有兩個人，一再的換，最後竟被擠到院子裡加蓋的小木板屋。那間屋子正好可以擺下一個櫃子，兩張床和一張桌子。

「小俊啊，幸好一開始就給你改了名字，算是我們的孩子了。可別在外頭告訴人家你爸爸是誰啊！要不你這輩子就得揹黑五類的黑鍋，別想翻身了。」

那幾年日子苦，吃不飽，人的氣特別大，舅媽忍氣吞聲的在小木屋裡度過了她最後的幾年。尤其最後那半年，癌症把她折磨得也夠慘的了。

「小俊，過來，坐近點兒。」她不停的喘氣，脫水的臉已瘦得不成人形。

「我離開你以後，要好好照顧自己啊！你比舅媽還高半個頭，以後就是大男子漢了。這幾年……」

「士毅！」祖俊低著頭，用小銀匙輕輕的攪動著咖啡，黑褐色的漿液在白瓷杯內醞成小小的漩渦，細末在渦面上迴轉。

士毅也低下了頭。他們見了面，短短不到一天的時間，卻像有三十多年那麼長。這還是第一次，只有他們兩個人，單獨而安靜的時刻。

「士毅！」祖俊仍然用兩根手指夾著銀匙畫圓圈，卻沒有繼續說下去。

「你說吧！」士毅已然知道了。從第一封信開始，彼此都在迴避，都不願面對，而現在總要提出來的。

「最後那幾年，」祖俊抬起頭來，望了士毅一眼，「爸爸——過得還平穩吧？」

濃郁的咖啡香味，伴著陽光，陽光裡的浮塵，在屋裡飄散著。以前，士毅記得，父親常說國產茶要比洋咖啡適口。但是，他知道，父親從未喝過咖啡。那時候舶來品貴，他們窮，父親喝不起咖啡，也不可能有人請他喝的，他的朋友沒有人喝得起咖啡。

自從稍懂人事後，士毅從來就沒看到父親有過好日子。北京圍城傅作義決定投向共軍的時候，父親是連級軍官，殺了一個阻擋他的副營長逃出來。然後帶著他在烽火遍地的中國到處奔波，最後把他安頓在臺灣一個遠親家，又飄洋過海投入東南戰場，終於在馬尾作戰受了重傷，不得不從野戰兵團退下來，那時也是近四十歲的中年人了。

以後父親一直在地方上的鎮公所、縣黨部、民眾服務站做事。多年的帶兵作戰經驗，養成他僵硬而不善變通的處事方式，工作的對象又是教育受得不多，需要用懷柔策略對付的中低階層民眾。他從來沒把事情辦好過，既得不到民眾的喜愛，也得不到上級的賞識。但是他卻永遠不灰心氣餒，仍舊是一板一眼的做事。

以後，士毅長大了，也漸漸認清自己也承繼了父親這種不計後果、勇往直前的精神——念書、留學、做事、升級，一關又一關的衝鋒陷陣，次次得心應手，起碼比父親運道要好得太多了。

除了那次失敗的婚姻，那個和另外一個男人跑掉的女人……

「『可堪孤館閉春寒，杜鵑聲裡斜陽暮。』這是他後來晚年練字，常寫的兩句詞，我在信裡附寄給你過的。」士毅拿起咖啡杯，啜了一口。咖啡冷了，冷的咖啡特別苦，但還是比茶好喝，父親從來不知道的，他從來沒喝過咖啡。

「最後那幾年，祖俊——我那時候年紀輕，也不可能想得太多。他死的時候比我們現在的年齡要大得多，如今再回想過去種種，我想，我還是不能體會他的心境。」

店裡只剩下他們兩個人。兩人對坐著談話，卻有一種滑稽的感覺。想到小時那種無拘無束的兒語，而今正襟危坐，有如兩個在談一筆交易的商人，而談的卻是往事和感觸，和一些不著邊際的行雲流水。

「我想不通他為什麼不快樂，世界上不是還有很多戰場等著我們去奮鬥嗎？為什麼他不快樂呢？」士毅說道。

祖俊望著士毅。啊！三十多年的歲月，造成了那麼大的差異，他還是那麼英俊挺拔。當年的那個稀里胡塗的小弟弟，今天已經脫胎換骨，變成了一個頭腦緊密、說話有條不紊的男子漢。而處事的明快和體力的充沛，更是讓他驚訝。但是，他為什麼不能了解父親的心境呢？

「士毅，老年人可能很寂寞，但是他們不會告訴我們。人是有感情的，寂寞又怎麼能忍受呢？除非是一個不需要感情的人。」

「我也有寂寞的時候，也沒怎麼樣啊！」

「那是因為你年輕、你忙，一直有奮鬥的目標。對於忙的人，寂寞反而是一種難得的享受，你不覺得嗎？」

輕暖的陽光照在身上，那種溫煦的感覺真好。隔桌望著祖俊，他高挺的鼻梁和沉厚的語調和父親真相似——祖俊還是最了解父親的，他們倆隔了那麼久，那麼遠，而他卻能揣摩出父親的心境！

吃過午飯，士毅把車開上「十七哩濱海風景道」，路的兩旁是變幻的海潮和精緻的別墅。祖俊第一次看到高爾夫球場，一片片修剪得像女人指甲一樣整齊的小布爾喬亞草坪點綴在寬闊的沙灘上，讓他聯想起初夏時節江南初秧的綠田。這裡一場球的花費，大概抵得上一個黑瘦矮小的中國農人日晒雨淋半年所得還不止吧？

他們在路上逛逛停停，到達蒙特利修道院時已近黃昏。這座西班牙式的庭院有三、四百年的歷史，陳舊剝落的教堂和簡陋的修道士寢室包圍在橄欖樹群的冷澀暗綠中。士毅帶著祖俊一間又一間的參觀，像導遊般向他介紹修道院的歷史和每一件陳設的來頭。

他真是不累，祖俊想，一大早起來，開了幾小時車子，連午餐都不需要。

兩人邊走邊說，這才發現麗君又不見了蹤影。

「咱們分頭去找她，找到就在門口會合！」

「行，行。」祖俊說完趕緊掉頭走。

白日到了盡頭，轉陰的天氣更給修道院蒙上一層向晚的肅殺。遊客漸漸離去，空洞的房間裡那些簡陋的陳設和靜穆的庭院，令人聯想到鬼魂經常出沒的舊居。祖俊一間又一間的穿過，自己也走胡塗了。

轉出小教堂的邊門，有一片林樹扶疏的墓園，暮色中陰影幢幢的墓碑寂寞的嵌在暗濕的泥土中。麗君的背影正在前面灰泥小徑上，深褐色的衣裙飄曳在微風裡，和她黑褐的秀髮連成一片。祖俊趕上她，和她同步走在後側。

「麗君！」

她微微偏過頭來，眼睛卻沒看他。

「不喜歡見到我嗎？還是……」

她沒說話。他們並肩走了一小段，低著頭看地上被踐踏成點點黑泥的橄欖果，沉悶的氣氛令他聽到自己的心跳。為什麼會如此？他想，我該對她說什麼呢？

「肇良。」她開了口。

聽了這兩個字，他悚然一驚。「不，不是肇良，不是……」

轉過牆角是庭院，士毅正在水池旁向他們召喚，手伸得高高的。

「快關門了，我們過去吧。」麗君望著祖俊說道。

祖俊點一點頭，望著士毅急步向他們走來，皮鞋在石板上敲出達達的聲音——他還是那麼年輕，那麼挺拔。

# 3

「『晴川歷歷漢陽樹，芳草萋萋鸚鵡洲，日暮鄉關何處是，煙波江上使人愁。』這是昨日唐代的中國，剛剛邁入八〇年代今日的中國——我可說，中國的今日和明日亦如昨日。一個人對中國的感觸只會隨當時的心境而有些變化。」陪同的邵肇良同志沒有穿西裝，一身寬大藍色的人民裝，質地較好的那種。他指著一幅岳陽樓的照片，用一種低沉深厚的聲調作介紹。背後成排又大又精美的風景照片，專為作觀光或統戰之用——大廳裡只有外賓，沒有人民，人民是不准進來的。他眼睛迅速的向左右飄了一下，又輕聲的加上了一句：「但是無論有什麼變化，有一項是不變的，就是——政黨是有限的，而中國乃是永恆的！」

那是麗君第一次回到中國大陸。

中國的明日是什麼？對她太遙遠也太渺茫了。而中國的昨日？那是一陣輕煙，中國的昨日是屬於爸爸的。

小時候爸爸常提到他的故鄉，他在北京多彩多姿的大學生活。從爸爸神采飛揚的表情，她知道爸爸有多喜歡那片土地。她崇拜爸爸，也喜歡爸爸，爸爸喜歡的，她都喜歡。

她也模糊的憧憬著有一天爸爸會帶她去大陸看看。

爸爸的脾氣真好，不但有耐心，而且有很多時間陪她玩。媽媽就沒有那麼有耐心了，她老是說她累，心裡煩，馬上就打發她去找爸爸。

媽媽長得真漂亮，打扮得也特別時髦，很多人都說她像電視連續劇裡那個由香港來的女明星。她在一家外商公司做事，掙的是美金，晚上常要去應酬。爸爸就會陪她一晚上，給她做晚飯吃，教她功課，還耐心的聽她說學校裡發生的事。不像別的小朋友，總是抱怨他們的父親不回家吃晚飯。但是媽媽老是罵爸爸沒什麼大出息，這輩子只能拿那份死薪水。那又有什麼關係呢？她寧願媽媽少賺點兒錢，多在家裡陪陪爸爸和她。

在她度過十二歲生日後一星期，爸爸年輕的生命就斷送在公路上的一場連環車禍中。他們把爸爸埋在近郊一塊小小的墓園裡，茫然的離開。她試著不再想到大陸，大陸是個夢魘，是爸爸不能再看到的地方——而爸爸曾是那麼的愛她。

她的哀痛不只是失去了爸爸，而是媽媽照樣常常晚上出去應酬，留她一個人寂寞的在家裡吃晚飯、做功課。她把爸爸的照片擺在書桌上，還是像以前一樣，一邊做功課，一邊告訴爸爸學校裡的事。

不久，媽媽就再婚了，爸爸死前那一年多，徐叔叔有時來家裡走動，她一直很喜歡徐叔叔。他風趣、瀟灑、慷慨，事業做得大，任何一方面都比爸爸強。後來爸爸和媽媽常為徐叔叔吵架，她就開始疏遠徐叔叔了。

考進那所著名的教會女中，徐叔叔送了她一架大鋼琴作禮物，又帶她和媽媽到東南亞旅行。徐叔叔對她實在是很好，但他對她越好，麗君越恨他。那架鋼琴，她從來就不想碰它；不管媽媽生了多少次氣，她就是不願叫徐叔叔「爸爸」。

她寧願徐叔叔對她壞，這樣她才會常常想到爸爸。

初中一畢業，媽媽和徐叔叔就送她到美國一所昂貴的寄讀學校。以後就套那條公式——升大學、畢業、工作、綠卡、搬到加州在城中心買個套房留下來。

中國大陸開始和西方國家進行貿易後，美國公司的業務代表就像雨後的蘑菇一樣忽然大量出現在中國各大城市。麗君的職位低，但是會說中文，所以公司也派了她和她的頂頭上司尼爾遜一起去北京。

來機場接他們的有三個高個子的中國男人，兩個穿西裝像是帶頭的，另一個穿人民裝的邵同志手裡拿著一個黑色的小公事夾，一路上沉默不語，她想他是個公安人員。到了旅館，另外兩個穿西裝的告訴他們邵同志在英文系教書，臨時徵調來擔任他們此行的翻譯和聯絡，以後就是他來照應了。

幾天下來，尼爾遜終於發現自己在這封閉已久的東方國家裡辦事的無力感，匆匆遊過長城和故宮後，也就把事情全推給麗君，自己飛去新加坡接洽其他業務了。

邵肇良不是個精明的人，長相還算是很男人味，麗君模糊的感覺他某種特徵和說話的語氣有點兒熟悉，卻也說不上是像誰。

麗君覺得這個人有點兒外語基礎，辦事和應對尚稱職，有溫和細心的個性——當然，這些也是作探子最好的條件。工作展開後，她卻也逐漸感覺到肇良並不是她最初想像的那種人。她離開臺灣時年紀小，所有的社會經驗都在美國，完全不了解東方人的處事方式，更不必想揣摩出那種含蓄而謙虛的交談背後真正隱藏的是什麼了。現在她可是活回去了。肇良很容易就看出麗君的徬徨和困惑，但是他也從不直接點破，只是委婉的暗示她，導她走上一條明路。他懂得如何不露痕跡的替她先鋪路，讓她把精力集中在交易上。只是，雖然跑了不少單位，事情還是沒有一點兒眉目。

肇良在大學裡遇到過一些美國和歐洲來念書的白種或華裔女孩，全是一個模子出來的——爽朗、健康、有條不紊、毫無懼色，有事搶著帶頭做，有時真讓人搞胡塗了誰是主誰是客。

但是這個不同，肇良喜歡麗君那種茫然無助的表情。她的柔順和依賴性讓他有了一點小小的滿足感。這種滿足感不只是單純的虛榮，也導引他進入一些綺思。

到底，她是個女人，他想。

有一次，他看到她脫下外套，裸露出渾圓白潤的兩條臂膀時，心中不禁一陣悸動，甚至聯想到，她在加州海灘的陽光下該是什麼樣的一副胴體？作為她的情人，又會是何樣的滋味？但是他很快就告訴自己，這些是渺茫的而不切實——由一個夢走到另一個夢，過去就算了。那些年的動亂和野戰兵團幾次接近死亡的經驗，已經把他磨練到一種——即使不是清心寡慾——也是現實和認命的境界。

❖

文革剛開始的時候，他曾有過一段剛起了頭就趕緊結束的愛情。

那時候他大學考了兩年都沒通過。舅舅當年的一個地下工作同志黃明在城郊的一家工廠做安全人員。黃明是老黨員，和國民黨有多年的鬥爭經歷，聽說在東北還有過實際作戰經驗，所以他在廠裡職位不高，卻有點實質的影響力。

黃明把肇良弄進工廠作化驗員，朱瑩那時候是醫務室的護士，上海蘇州那一帶來的，一個細緻秀麗的江南姑娘，一舉手一投足都充分顯示出她是來自一個教養良好的家庭。

廠子很大，他又從來沒生過病，第一次遇見她是一起上政治學習課，她就坐在他鄰座，那種課反正是鬼打架，只要跟著喊喊口號就行了。但是因為她坐在旁邊，他連上面喊的是什麼都沒聽清楚。

課上完了，第二天他立刻就到醫務室去看病——腹瀉，查不出的那種，拿點藥就行了。他在那兒磨了近一小時，她也明白。兩個人談得很投機，共同點是都喜歡看些文藝書籍，不喜歡數理，所以都是幾次考不過的老童生。接著很快又約會了幾次，江南小姐柔細的聲音和眼波真讓肇良有點兒飄飄然的感覺。

工廠裡的批鬥活動熱烈展開，階級敵人一個個被揪出來，大字報由布告欄一路貼進車床間。在那段憂心忡忡的日子裡，他仍然和朱瑩偷偷摸摸的約會，雖然見面只是聊聊天，但是這種神祕的小布爾喬亞行動多麼刺激啊！何況，那也是山雨欲來風滿樓的日子裡唯一的慰藉。

肇良正在擔心自己什麼時候會被輪到點名時，事情終於發生了。但是出漏子的不是他——一個國民黨反動軍人之子——而是朱瑩。

「人長得端莊，待人和學習的態度也很好，就是家庭背景交代得不清楚。很可惜，實在替她惋惜。」黃明皺著眉，惋惜的搖著頭。

「能不能替她想想辦法？」

「連醫務室的人都和她劃清了界線，我看是很困難了。」

「我能不能見她一面？」

「你想見她？你不要命了！」黃明驚訝的搖著頭，「你和她的事只有我知道，從來沒跟別人提過……」下面說的是什麼，肇良全沒聽進去。

他神情恍惚的過了幾天，真有萬念俱灰的感覺。幸虧又一波政治風暴及時湧到，分散掉他的注意力。

工廠停了工，裡面分成兩派。市面上一片混亂，許多外地趕來京城串連的紅衛兵住進工廠，武鬥的場面經常發生。要命的是不知道跟誰的好，今天的革命班子，下個月就可能被端了鍋，被打成反革命分子。

黃明那時候還沒有倒，居然擔了很大的風險——做了一件小資產階級溫情主義的事——把他以朝鮮戰爭軍烈屬的身分推薦入解放軍。那種時候，能進入解放軍是一條人人羨慕的好路子，而黃明可不是不知道他父親是誰啊！

這中間他聽說朱瑩就要被分派到江西的農村——好像是上廁所要用竹片和石頭那種地方。他決定不顧一切去找她，即使兩個人必須分開，他也要見到她最後一面。

但是他再也沒有見過她。

❖

北京的初冬並不特別寒冷。麗君和肇良走出大樓時天已一片灰暗，雲層壓得很低，空中靜靜的沒有一絲風。

「您公司的建議不錯，我們會考慮，請您別著急。這些資料請先拿回去慢慢看看，也許可多了解些。」她反覆的想著鞠主任那幾句模稜兩可的話，越想卻越著急。再過兩天就得回去了，空手來，空手回去，尼爾遜又不在，該怎麼樣向公司證明她不是來旅遊的？尼爾遜也說過，你通中文，我們公司可全靠你了。而他難道知道，即使通中文也叫不通電話，攔不到計程車，每天就盼著邵肇良早點兒來旅館帶她上路？

馬路邊的館子傳出菜香味，一個光頭的矮胖小老頭兒在屋簷下的大鍋邊起勁兒的翻蔥油大餅。每翻一個，就用鏟子炫耀的敲兩下鍋邊。老頭兒頭是全光，在蕭瑟的冬天裡卻只穿一件單薄的汗衫，居然還滿臉通紅，像是剛喝了幾杯老酒。

「咱們就在這兒吃個中飯吧！」肇良說道。

一進門，滿屋子的人，一片藍黑，全是男的。所有的人好像都停了筷，目光全部集中過來。一個夥計雙手端著一疊搖搖欲墜的髒碗盤，匆匆忙忙的由桌子之間擠過來。他抿著嘴兒，頭向上點了一下裡面一張空桌子。一個小夥子由肇良後面竄出來，夥計用身體粗魯的擋住他往前走。

他倆走過去，這才看見滿桌的油膩和殘肴。麗君心裡一陣噁心，竟也不知所措的站在桌邊。肇良看了她一眼，輕推著她的背向外走，後面是滿屋子好奇的眼光。有人開始說話了：

「是外賓，走錯地方了！」

另一個說：「不，我看是華僑，那個女的準是華僑。」

兩個人在人行道上漫無目的的走了一小段路，肇良忽然想起來，興致勃勃的向她說道：「沈小姐，我就住在附近，咱們買點兒菜回去，我來燒頓飯給你吃。」

「你會燒菜？」

「平常吃伙食團，但是有時候也喜歡自己弄兩個菜。」肇良笑笑說道：「來，咱們走。」

肇良的家是典型的單身宿舍，一共就一間，沒有浴廁。一面牆是高到天花板的書架，書架下面窄長條的單人床。那些書如果不擺好，可能會砸中床上人的腦袋。靠窗是張書桌和一個小櫃子，上面擺著一個小電爐，就是竈臺了。

屋子不大，家具和擺設都很簡單，但是布置得很藝術化。也說不出為什麼，給人一種溫暖的感覺，一點兒那種到處看到的貧窮和庸俗的氣味都沒有，也許是那一屋子的書，幾盆植物，和他自己做的竹蔑燈罩吧。

肇良對外邊的生活好奇，麗君一邊吃，一邊告訴肇良她在學校念書時那些片段。她是個話不多的女人，但是肇良聽得津津有味，她的話也比平常講的多了很多。談著談著那些往事，她竟也忘了這幾天在北京城裡的挫折和委屈。肇良的手藝真不錯，還是她餓了，這頓飯比她在這兒任何一頓酒席都好吃。

「吃完飯，咱們一塊兒看看鞠主任剛剛給你那些資料，也許我可以幫你深入了解一些。」肇良把窗簾拉上，扭開桌上的檯燈，屋裡驟然黑下來——像是晚上了。

「這裡的人都說喜歡美國來的，為什麼美國的公司做不成生意？」麗君問道。

「因為日本人進來的早，他們要比美國人了解東方人的習性。」肇良用一張衛生紙小心的把桌子抹乾淨，微笑著向她說道：「來，咱們倆換個位子，你這樣看光線比較足。」

兩人換了坐位坐下，桌上攤滿了資料。由窗帘縫望出去，外邊已經開始飄雪花。

肇良細心的向她解釋那些文件資料，麗君低著頭靜靜的聽。整個世界好像只有他們兩個人，似曾相識的感覺又攜著一切記憶匆匆回來，那種輕柔壓抑的情緒絕非陌生。窗內，窄窄的桌子，鵝黃的燈光，低沉的聲調；窗外，一個冰冷銀白的世界。

抬頭望望肇良——她知道了！她知道為什麼眼前這個人給她那種熟悉的感覺。

肇良說著說著，眉額一抬，看見她愣然盯著他，困惑的問了一聲：「怎麼？」

「沒有什麼……」她臉紅了，話停在那裡。肇良也沒再問，又回到那些資料上。

他倆走出肇良的宿舍時，雪花已變成雪片。雪片落在人行道、枯枝、柏油路上立刻溶掉。街上戴著白口罩的行人和自行車群神色自若的在細雪中默默的穿梭。

「今年第一次降雪，沈小姐。」肇良向天空望了望，低下頭揮去麗君大衣背上的雪花。「現在還小，待會兒會越下越大。」

附近就是公園，他倆並肩走上公園裡小湖邊的水泥小徑，雖是午後，卻也像昏暗的近晚。徑上敷著薄薄一層銀白，北京城裡初降的細雪，踏在上面竟是那麼柔軟。

側首望著湖邊零落的殘荷，麗君想到馬上要回到美國，走出機場大門，士毅的車子就停在路邊等她——一個熟悉、舒適而穩妥的世界——那該是多麼安逸的解脫！然而，另一種淡淡的、莫名的惆悵卻像無聲飄落的雪花，細膩而含蓄的浮上來。湖面一片黑藍，那該是很深的一潭湖水，不久就會結成堅硬的冰塊，許多人在上面溜冰，笑著、跑著、大聲呼喊著，有很多是城郊來的大學生……

抬起頭來望望肇良，他已經是滿頭白蒼蒼的雪花。忽然，她感覺到這是個很寂寞的人。幾天後就要離開他，可能這輩子也不會再見到他了。她模糊的想起「雪泥鴻爪」那句成語……

肇良，你是一隻孤獨的飛鴻，寬廣的湖面上，只有你在寂寞的飛翔著。

雪開始大片大片的落下，無聲的溶入深邃的湖水。麗君背過身去凝視著湖面，眼角已濕潤了。她抿著嘴，努力的壓抑住奪眶欲出的熱淚。

多少年來，這是她第一次想起爸爸。

## 4

大片光亮雪白的牆壁在日光燈下無限延伸著，單調、平滑，映著淡淡的寂寥。麗君坐在辦公室裡出神的凝視了好一陣子，腦子裡是北京的雪景，湖邊的殘荷，結冰的湖上跳躍的學生，那些遙遠生疏的意象，似有若無的隱現，拂去又飄浮回來。

她希望再被派去中國，去看看「爸爸的國度」，那些初中史地課本上念過的地方，去看看肇良——那個「熟悉而又陌生」的人。但是她知道希望很渺茫，這種精打細算的小公司裡，空手而歸的人不必想再次擁有機會。她也隱約的感覺到，公司如果一直打不開東亞市場，勢必轉向歐洲——那是白種男人的工作。不久，她可能就得另外找事了。

如果那次北京之行換成士毅，可能幾個簽好的合同都帶回來了。士毅就像他的名字，有毅力、有膽量、沉著冷靜，永遠把工作目標和程序安排得井井有條，很少會走錯一步棋，也不會被感情左右自己的決定。他就是他服務的那家大公司裡典型的「公司人」，現在是中級骨幹，以後時間和機會到了，提昇為高級經理和決策者，繼續冷靜而無情的執行公司的決策，為公司賺取更多的利益，開拓更多的市場。

她和士毅交往了一年，已經很清楚他是想要娶她的。士毅條件好，有進取心也有責任感，絕對是個好對象。但是她又模糊的感覺到，他們之間似乎缺少了什麼。士毅在上次婚變後空白了好幾年，離婚的真正原因從來沒有朋友說出過。問了士毅，也是一些似是而非，令她困惑的回答。由中國回來這兩個月，每天一下班，士毅就帶她到館子裡吃飯，然後開了車到處逛，或是回到她或他的寓所，看電視、聊天，待上一晚上。多半的時候，士毅在說，她聽，從來沒有過冷場。

每次和士毅相聚，她卻覺得更寂寞。

沒有多久，士毅提出一年內結婚的要求，麗君更是困惑了。她模稜兩可的回答竟被自信的士毅解釋成一種女孩子矜持的認可，還興致高昂的談他的婚後計畫：包括在郊區買一幢有大片草坪的兩層洋房，最好有個大客廳，週末可以宴請公司裡的同事和來灣區造訪的客戶；第一年不要孩子，以後可以來兩個，一男一女……

「我心裡還沒這個準備，給我一些時間再回答你吧！」她淡淡的回答。這中間有小小的冒險，她知道——那些環繞在士毅四周單身的，離了婚的，準備離婚的，甚至只是想紅杏出牆的……全都在暗中窺伺，蠢蠢欲動，她全知道。

回過士毅這句話後，她又在辦公室裡開始神情恍惚起來。話不說，拖下去是一條路，反正她年輕，時間是站在她這邊的；話說開來，沒有定局，時間就站在他那邊了。她不停的回想著士毅對她說過的每一句話，他平時的小動作，她想理出一個答案來，到底該不該答應他。

想到這裡，她又有點氣憤，要是換成士毅，他立刻可以做出決定。士毅永遠知道自己要什麼——也知道自己不要什麼。

心神不寧的過了幾天，工作上不斷的出錯，不斷的被糾正，讓她感到沮喪。有幾次灰心的想：「索性一了百了，嫁一個現成什麼都有的人算了。」但是這個主意竟也拿不定。

一天下午吃過中飯，她覺得很疲倦，心理上和身體上都疲倦，幾乎昏昏欲睡，市場部經理站在門口示意她進去談話——大日子終於來到！她想。

她對自己說，這是對士毅的求婚作個決定最好的機會了。這麼一想，竟是無比的輕鬆，腳步像步入禮堂一樣緩慢下來，那些日子的掙扎、徬徨和苦惱全部一掃而空！

市場經理的桃花木大桌邊坐著她的頂頭上司尼爾遜——也是個一無所獲的人。

「我們要派你再到中國大陸跑一趟。」

麗君簡直不敢相信自己的耳朵，看看尼爾遜，他竟也在向她微笑點頭。

「以前公司派去的人也沒做出什麼業績來，比較起來，你還是有些進展的。」市場經理停頓了一下，看她沒反應，繼續說下去。「上星期中國有個貿易代表團來，其中有兩個人在北京見過你幾次，認為你誠實、負責，也有中國女人傳統的氣質，所以公司決定你下個月再去一次。中國市場潛力大，這是個長遠的打算……」

❖

再度來到北京已是晚春四月。離上次不到半年的時間，感覺上卻似乎等了很久。肇良在機場接她。「還以為我們會變成越洋筆友呢，你倒又回來了。」兩個人握著手不放，四隻眼互相凝視著，誰也不敢把目光移開，生怕一移開，就要再等半年。她微笑著，「也許是緣分吧！」

四月的北京城，禿枝長出青綠的嫩芽，早晨清新的空氣略帶潮濕的味道，麗君從未覺得精神那麼清爽過。窗邊兩棵不落葉的大樹上棲滿了小鳥，晚上入睡前，她把窗拉開一條小縫，為的是清晨可從呢喃的鳥聲中醒來——那是一天最醉人的時光。過了清晨，就有一個新的戰場和蒙古高原吹來滿天的風沙在等待著她。

空閒的時候，肇良帶著她在城裡和近郊到處逛——看不完的朝代更迭，走不盡的皇天后土，那些如泣如訴，悱惻纏綿的深宮情怨就在身邊徘徊纏繞。古城透散著它的浪漫和魅力。

而肇良卻不是個有浪漫氣息和強烈吸引力的男人，但是她和他在一起很快樂、很自然。她覺得他有點鄉氣，所以也可以自在的解下自己的面具，毫無虛飾，不需要防他。

肇良的保守是一種安全感——永遠有人在後面守備著。他從不多談自己的過去，她也不想多問，每個人背後都有一個蒼涼的故事，彼此不多知，反倒保持著那份神祕感，她想。

而肇良就是那麼沉得住氣的人，永遠不動聲色，難道他心中的火光已熄滅了嗎？

「我有幾次和死亡那麼接近，整個人的想法都改變了。」那次他們逛頤和園，並排走上佛香閣，肇良對她說道。兩人中間隔了半個人的距離，這樣走法，她已習慣。海外回來的從頭到腳都貼著標籤，一眼就看出來。靠得太近，太招搖，肇良得避免變成活動櫥窗，她懂得。

只是，接近死亡又是怎麼樣的？想法為什麼會改變？又變成什麼呢？她是個隱蔽自己內心的人。雖然，她也是個單純的人，沒有雄心大志，以後有個安逸的家就心滿意足了。情場上男女那些躲迷藏似的鬥智遊戲，她不熱中。士毅也不是個有心機的人，但是他的鬥志和衝勁讓她不安、困惑。她要的是一個穩妥的世界，愛和恨都不深刻顯明，在風平浪靜的海灣裡緩緩的航行。

晚春的太陽照在臉上並不是熱辣辣的，但是一路氣喘吁吁的踏著石階向上爬，四周大批喧嚷的遊客，滿臉興奮的紅光，她看得心煩。整個頤和園那麼大，她本來就沒說非去佛香閣不可。

石階快到頂了。走在前面，她忽然停下來轉身對肇良說：「我想下去。」

「怎麼，你累了？」肇良怔了一下，輕聲問道。

「不是，我只是……」她猶疑了一下，並沒刻意看他。「再往上爬一層，我想也就是這個樣子，我又穿了高跟鞋。」

肇良點點頭，背後是整個的昆明湖，刺眼的白光，湖面上的波譎令她暈眩。

「好吧，那麼咱們就下去吧！」肇良輕托著她的背轉身向下走。「其實爬這段，是想帶你看看後山眾香界的景色，很不同的。」

肇良就是這樣一個人，全盤計畫被她這麼一句話就能打消掉，卻沒有一點失望的口氣。難道他就不能堅持自己的主見嗎？為什麼他不能主動一些呢？但是，再想想，反正這個人和她的一生也沒什麼關係，也就心安理得了。

然而，他依著她的意，她還是生氣。

向下慢走了一段，下坡不好走，肇良想去攙她，還沒碰上她肘彎，她頭一甩，忽然又迸出一句：「我要上去看看！」

肇良詫異的望著她。「怎麼，你不累了嗎？」

白刺刺的石階映著她汗濕的前額，頂上排雲殿像座摩天大樓壓在肩膀上。和肇良在一起，總像是在離別，一桌將散的筵席，肝腸寸斷的驪歌就在耳邊縈繞不去。

她沒答話，猛一回頭，幾乎和一個由上面下來穿深藍色工人裝的小夥子撞上，年輕人向旁閃身，又差點兒碰上一個一身土花布薄襖，留了兩條大辮子的鄉下姑娘。

「搞什麼玩意兒！」小夥子低聲咕囔著。麗君逕自往上走，高跟鞋在石階上敲出篤篤響聲。小夥子一路向下走，一邊又回頭詫異的望著她。

她咬著牙一口氣走上去，肇良緊跟在後面，到了頂，他竟也開始喘氣了。

繞過佛香閣，轉到後山，她幾乎呆住了！

橘黃的琉璃瓦，青灰的喇嘛塔身，陣陣清風吹過蔽蔭的松樹群，懸在塔頂和屋簷下的金屬片傳出清脆悅耳的樂聲。她像是被領進了一個極樂的世界——安謐、清靜，與塵世隔絕，那曾是她夢中的一片淨土，沒有糾纏，沒有煩惱，晴朗的天空浮著柔軟的雲絮。

她站在清涼裡，心中說不出是平靜還是激動，腳下堅硬的石板卻又給了她一種踏實的感覺。山下大片翠綠，點點散布的房舍在金黃的陽光下閃爍。而她感覺到，他就貼身站在後面——他們中間隔著清風，松枝的香味，永恆的哀愁，那種淒淒切切的恍惚，她都感覺得到，他呼吸出的氣息，他心的跳動，都在那裡。她隔著一層玻璃窗看他，窗是透明的，看得清澈；一望無際的荒漠，但是她觸摸不到，她知道，那層玻璃似有若無的隔著他們……

❖

北京城裡的風沙連日不斷，城裡面起了許多高樓住宅，大量的灰塵飄在空中。

中國方面這次沒有派專人協助聯絡，一切由麗君自己安排，但是業務進展相當順利，心情也不像上次那麼緊張和茫然。傳統上東方的商場是男人的世界，但是物以稀為貴，她的溫和與謙讓反而變成一項交易資產，商業社會裡人吃人的情形居然都沒被她碰上。在西方社會裡逐漸失傳的中古騎士精神居然在這個共產國家裡復活，她受到了許多特別的照顧。這可能是異性相吸，她想，但是也代表了東方社會裡大男人主義的另一面。

和這些中國男人交往，她會想起以前的一些事，一些男人——想起從前的事，就立刻會想到爸爸，那也似乎是最容易記起的一部分。

「麗君，爸爸不會再有機會了，以後代爸爸去一次北京，春天的時候去，校園裡的景色最美……」爸爸話還沒說完就嚥下了最後一口氣。

這次總算償願，由肇良陪著去了爸爸念過的大學。景色遠不如爸爸所描述的和她想像的那麼細緻；校園裡沒有滿地的鮮花，也沒有如茵的綠草，馬路旁一幢接著一幢灰舊的樓房，沮喪的灰色，連那些在路上走著的大學生都是灰色的。

她和肇良在校園裡漫無目的遊蕩，招來許多好奇的眼光——真後悔不該穿這身鮮黃低領的洋裝，還有那雙漆黑的鏤空三吋高跟鞋。

漫步進歷史系館時已近傍晚，系館裡空蕩蕩的。那是爸爸最常提到的一個地方，也有三十多年了，看起來似乎還是他描述的老樣子，幽暗的高屋頂讓她聯想到一部電影裡的美國南方大宅第，那個女人在陰暗裡過了一輩子，最後孤獨而寂寞的保持著她老去的愛和回憶——在老去的大廈裡。

「解放以後，北京成立了許多新的大專院校，這間學校……已經沒落下去了。」肇良帶她走上二樓，停在走廊的一面窗前說道。

她沒回話，小腿已經痠硬，身子靠在窗臺上，乘勢退下一隻高跟鞋。窗外有一株不知名的大樹，濕潤光禿的細枝上有初放的春花，細小而纖弱，像是剛開了不久就立時要萎謝。夕陽照在深褐色的枝椏背面，淡淡如輕煙的水氣飄浮在枝緣的光暈中。她模糊的憶起那個臺北近郊安靜的山區，爸爸的墓園該已是荒草蔓蔓。下葬那天，也是個春花初放的日子，墓邊的小樹上長滿了淡紅色的五瓣花朵。後來媽媽告訴她那很像是梅花，一種在乾冷的中國北方常見的花。啊！多少年了，從她搬到陽光海岸的加州，就再也沒回去看過爸爸。

她常想，有一天把自己溶入爸爸歡笑的學生歲月裡，而這多少年來，隨著年歲的增長，她能想到爸爸的時候卻越來越少。她更知道，有一天結了婚，有了自己的家，能想念爸爸的機會將更少了。這些，她從來沒跟媽媽提過，這是她的祕密。她不要和別人分享的祕密。在中學那段少女夢幻的年華，日子一直過得不愉快，住在又小又悶人的公寓房子裡，每天要看到媽媽和徐叔叔，躲也躲不掉……但是每次一想到爸爸，那些不愉快的事立刻煙消霧散。由滿天濃厚的雲層破穿而出的一線陽光清晰的照射在她心中那片清綠的草原上——那片孤獨、寂寞，除了爸爸沒有別人踏入的草原……

他們漫步出向晚的校園時，天邊稀疏的掛著幾顆星；她任晚風吹乾頰上的淚痕。校牆外的馬路清清冷冷，馬路對面大片黝黑的空地，街燈散出暗淡的青光，空地上的枯草在微弱的光中搖曳，有點陰森森的氣氛。走在這樣死寂的北京城郊街道上，那種滋味和匆忙的穿過夾在摩天大樓間車水馬龍的美國大街真是不同啊！不，舊金山的夜晚也該是冷清的，子夜的舊金山可能又籠罩在大霧中吧——美麗而又憂鬱的舊金山。

由此，她想到上午才接到士毅的來信，說了許多公司裡的擴充計畫對他前途影響的分析；還有這幾天總統在電視上發表經濟政策內容對白領階級的利弊等等。信末提到對婚姻作一肯定答覆，最好一回來先訂婚；另一方案是乾脆省了這道直接結婚。如果麗君答應，他立刻積極進行：「一切由我負責籌畫，我做事向有條理，勿念。」

想到這裡，她隱隱感覺到和士毅距離越來越遠——一個愛情的開始，就是另一個愛情的死亡。

然而，一個愛情的死亡，卻不一定帶來另一個愛情的啟程，滿天風沙的北京城，夜霧迷濛的舊金山——她茫然的走在荒涼裡，一望無際的寂寥，密密層層的包著她。

抖顫的光影無聲掉落，路的盡頭是高樓建築工地，地基上單調的立著肥大的水泥柱子，在黑暗中像朦朧的船桅，默然移近。兩人走著，心裡掙扎著要怎樣說出下一句話，卻又不知如何啟齒。就這樣低著頭漫無方向的走了幾個街口，地上的身影縮小又拉長，拉長又縮小。兩個影子逐漸攏近，在路的盡頭合成不成形的、模糊的一團。

靠得那麼近，黑漆漆的大樹，散亂荒蕪的工地，遠方街燈黯淡含混的光漫過來，只剩下瑩瑩點點的鬼火在夜的黑暗中閃滅。但是，她看得到他——他眼裡的光，他嚅動的嘴唇，她看得到也聽得到，就算他不開口，她也聽得到。

「麗君，我會遇到你……」

她把整個身子依偎過去……不要說了，肇良，你從幽暗的林深處緩走出，林外一片亮麗的陽光，肇良，不要說了，地老天荒，我全知道。他伸出手臂摟著她，她依得更緊，高大的身軀包裹住她，寬厚、完整、溫暖，每一吋都壓進她的身體、她的血管。

「麗君、麗君，我等了幾十年，你終於來了！」

「肇良……」

他的嘴唇滑過她的臉，慌亂的找到了她的嘴唇，恣意的吻著。她勾著他的脖子，兩條大腿和他的腿夾得緊緊的。峰迴路轉，一切都來得那麼快，令人頭暈目眩的快，甜蜜的熱淚，奔流的春溪，帶著醇酒濃郁醉人的香，浩浩蕩蕩的流著。

## 5

「程兄，請，您先請。」前面那個頭頂微禿的小個子忽然回過頭來，朝祖俊伸出請讓的手勢。這倒讓祖俊不知所措了，吃自助餐圍桌子取菜，他弄不清為什麼有人要和他調個前後位置。

「不客氣，您……您先來。」祖俊喃喃的應付，心中嘀咕著剛剛士毅給他介紹了那麼多人，面前這個他實在叫不出是什麼先生。這張臉又似乎在哪兒見過，電影裡？東風市場的櫃檯後面？還是廣場前遊行的隊伍裡……

黨書記！對了，黨書記，他想起來了，這個人和文學院那個黨書記長得真像，江北口音也一模一樣，上下打量他那副神情更是如出一轍。

「程兄今天是主客，該打頭陣才是。」「黨書記」抓住祖俊的手臂，熱情的往前扯。所有的客人忽然也開始注意到，隨聲附和著：

「對啦，程兄先來嘛……」每個挾菜的人都往後退了一步，桌邊騰出一圈空位。祖俊臉有點發熱，實在不想在眾目睽睽下演獨腳戲。

「我……」祖俊正想再推辭，忽然靈機一動：「既然是主客，我看還是作梅蘭芳——壓底唱大軸吧！」

一陣哄笑，眾人又向前移了一步。有人在亂烘烘中來上一句：「到底是北京來的，會說話。」

祖俊挾完了菜，轉到廚檯上盛飯，盛了兩大勺，忽然又想起來，趁別人不注意時趕快撥些回電鍋。在國內養成飯吃得多的習慣，這裡不能露相，這裡是美國。

「這邊坐，給您留了個位子。」「黨書記」一手端著盤子，一手拍拍長沙發上的空位，拍得很重，好像有塵土拍出來。

「程先生是士毅的二哥，那一定還有個大哥了？」

祖俊剛坐下來，對面一尊身材壯碩、長了一張撲克面孔的紅臉漢子已經發問了。

「老大去得早，那時候抗戰，衛生環境不好，醫藥也缺。」士毅搶著替祖俊回答。

士毅從來沒見過大哥，只知道大哥不到兩歲就夭折。隔年母親生了祖俊，後來又剖腹生了不足月的他。他生下後掙扎了一陣子，保住了一條小命。

但是母親在手術檯上就死了。

「小毅，我對不起你母親啊！」父親臨終那幾個月常說這句話。

「為什麼？」

「小毅，你不懂啊！你媽死的時候我正在湘西和日本人作戰，連終都沒給她送。他們告訴我她臨死的時候一直叫著我的名字！」

不懂，是不懂，像父親這樣一個出生入死、是非分明的軍人，怎麼會把她的死看成自己的錯誤呢？母親是怎麼樣一個人，他不知道，也從來沒想過。為什麼事隔那麼多年，父親要在臨死時不停的想到她？是他病得神志恍惚了，還是知道自己快要去會她了呢？

「士毅，你不懂啊！要是你二哥在，他就會懂……」父親沙啞的嘶喊著。

祖俊吃得很快，吃完了立刻請出在廚房裡的士毅和麗君，開始下手清理碗盤。幾個進去想幫忙的女客都被他婉拒了。快手清理完了，他又回到客廳，把袖子放下。

「程兄，辛苦了，來，來，浮一大白。」撲克面孔端上一杯酒。

「不敢當！」祖俊剛坐下，趕快又起身接酒。

「程兄在人民公社裡勞動慣了，這點兒盤盤碗碗大概算不了什麼吧？」

祖俊被突如其來的問題給塞住了，手中端著酒杯，呆若木雞的站在那兒。四周的客人也像觸了電一樣驚望著他們。

撲克面孔立刻感覺到自己的失言，靦覥的趕快補上一句：

「我是說，您體格這麼高壯，在國內一定常常勞動，才鍛鍊得一副鋼筋鐵骨。」

「過獎了。」祖俊抬手敬了酒，窘迫的氣氛這才輕鬆下來。

一陣子玩笑和讓酒後，客廳裡又恢復了三兩小組的聊天，有些客人則移到書房去打牌。坐在祖俊左近兩位斯文的男士被公司派去過深圳和上海，禮貌的向他請教了一些四個現代化和貿易的問題。他發現這兩位男士對中國比他還了解得多，經濟的問題又是他從來不感興趣的，他也沒去過上海和深圳。兩位男士不久就轉上其他話題——還是他不懂的經濟和科技，這次是美國的。

他坐在那裡靜靜的聽，不想插嘴也不想問問題。他們兩個說話聲音小，他也可以不聽。

「聽說您是從事西洋文學方面的工作的？」一位氣質高雅的女士走過來坐在他身旁，微笑而和藹的說道。

「是的，在學校裡教書。」他明知道這些是應酬話，卻也高興有人關心來搭腔，感激的望了她一眼。她的身材高瘦，穿了一身緊身水綠旗袍，頸間有一串項鍊，全是鑽石。剛剛那幾個打牌的叫她「二條」。祖俊好像記得剛剛介紹她的先生開了一家房地產公司，做得挺成功的。

「程先生來美國這麼多天，到過哪些地方了？」「二條」的聲音和她的身材一樣細瘦，但是慢條斯理，滿悅耳的。

「其實我前天下午才到，昨天士毅帶我去蒙特利，海邊的風景很不錯。」

「我以前在臺灣念的也是外文系……噢，對了，你們到蒙特利一定經過塞林納谷了？」

「我——也不太清楚，那些地名。」

「就是史坦貝克小說常提到的那個塞林納谷。」「二條」提醒著他說道。

「他的作品我看得不多。」

「其實我也看得不多。」她打圓場似的說道。「我們那時候『存在主義』最流行，我倒很喜歡卡繆、沙特那些法國作家的作品，您的意見如何？」

「我不是很清楚……」祖俊臉有點兒發熱，面對這麼高雅的一位女士——書到用時方恨少。

「那——您念的是——」

「我看過一些英美的古典文學作品，還有俄國作家、東歐、第三世界的作家……我們那時候——有很多年……許多外國作品看不到，請您多指導。」

「噢——」她的尾音拖得很長，說不出是同情還是驚訝。「哪裡的話，我也知道的不多。」

她客氣的對祖俊笑了笑，卻又和旁邊的男士聊起天來。

祖俊回到他的沉默裡。「二條」正談到她的旅程，「……達宏開車，我們去大峽谷玩了一……趟由瞭望臺看下去，光禿禿的峽谷一個疊著一個，那真是有氣派……還有那條科羅拉多河就由峽谷裡穿過……」

祖俊默默的聽著，腦海裡浮現出那片黃土漫漫的北方中國高原，一條滾滾奔騰的巨龍挾著千萬噸的泥沙直瀉而下；兩岸響起了氣勢磅礡的大合唱，由地上傳到天空，在雲端回響不已……

「程兄，我們這些人在美國待了一、二十年，觀念改變了不少，說話沒遮攔，您可別介意。」「黨書記」發現祖俊良久不開口，大聲的湊上兩句注腳。

「哪裡的話，」祖俊由黃土高原的風沙中驟然醒過來，隨口敷應著，「雖然只在這兒待了兩天，倒是挺喜歡這個國家的。」

「是嗎？」幾個客人被祖俊一點，幾乎異口同聲的道出，他們正擔心剛剛那些不經意的話會刺傷了大陸的來客。

「程兄還要在這兒待多久？」

「下個禮拜在加州大學和史丹福大學學習幾個星期，然後停幾天就回國了。」

「比較中國和美國，就您以往所知和這兩天的觀察，您覺得哪邊的社會比較完善？」撲克面孔單刀直入的問他，「我的意思是說，如果有選擇的話，您願意留在哪邊？」

「我想美國的社會……」祖俊頓了一頓，琢磨著要怎麼應付這個挑戰性的問題，「坦白的說，我覺得美國的政治、經濟、生活習俗和社會制度有許多長處。中國還是個貧窮落後的國家，有很多地方應該向美國學習。」

「這麼說，您還是喜歡美國了？」撲克面孔兩眼直看著他。大客廳裡其他三三兩兩聊天的人也都停止了談話，注意力全部集中到這個角落來。

「嗯——也可以這麼……我想……」祖俊期期艾艾的回答，沒說完話就被打斷了。

「程士毅是美國公民，其實可以想辦法給您申請留下來。」

「我是公費派出來的，學習完了應該回去。」

「您一定是政治性很高的一個人。」有人隨口說了一句。

「那倒也不是，其實我對政治毫無興趣，也沒有什麼野心，喜歡的就是看看書、教教書。」祖俊說完苦笑了一聲。

「程先生，每個人都有選擇自己生活方式的權利。」一個頭髮中分、一晚上沒開口的中年男士說道。說完停了一下，像是在等他的反應。

祖俊同意的點點頭，那人又繼續說下去。

「您既然認為中國大陸是個貧窮落後的國家，為什麼還一定要回去呢？」

「因為是公費派出來的，必須回去。」祖俊又和顏悅色的說了一遍。「昨天在蒙特利遇見幾個臺灣出來的公費生，他們也都說念完了就回去。」

「臺灣的情形又不一樣了，」頭髮中分的男士思索了一下，說道，「我去過大陸幾次，有一次還住過三個多月，那種制度和生活環境……程先生，我不是好虛榮、好批評，說實話，我要是您，有個美國公民的弟弟，自己在大陸又沒有家小，我一定會考慮想辦法留下來。即使留不下來，回去也會讓士毅替您申請辦個移民之類的……」

「這個——我不考慮，就算有辦法留下來，也不留！」祖俊打斷了他的話，語氣由溫和轉為急躁，大聲說完臉都脹紅了。

「為什麼？」撲克面孔睜大了眼睛，對祖俊態度的轉變感到詫異。

四周的客人屏住了氣息，整個客廳突然靜下來。

祖俊左手用力的捏著沙發的扶邊，輕咳了一聲，向那些緊張而困惑的望著他的男男女女瞄了一眼，極力的控制著聲調冷冷的說了一句：

「因為兒不嫌母醜，狗不厭家貧！」

大家都沉默了。

士毅由客廳那一角的椅子上緩緩站起來，望穿千萬里的關山迢遞和數十年的歲月滄桑，望著祖俊——那座在汪洋大海中的孤島……

「來來來，咱們不談政治，來吃消夜了。」「黨代表」看見麗君和一個女客端著兩大盤棗仁紅豆湯進來，趁機岔開一場可能爆發的大辯論。

「麗君，什麼時候大喜啊？」客人們一哄而上，把托盤裡的棗仁紅豆湯搶光，有人大喊一聲。麗君低著頭，微笑著沒答話。

「不會太久了，頂多半年吧！」士毅替她解圍，語氣中帶著按捺不住的得意。

祖俊坐在角落裡，臉色蒼白的瀏覽著牆上掛著的一幅油畫，心裡越想平靜下來卻越覺得煩躁。四周嗡嗡的人語笑聲變成了山坡上隆隆的砲聲，坡上的樹燒成枯枝。火藥的硝煙味瀰漫在一棵棵焦黑的樹幹之間，濃霧覆蓋著滿地的泥濘；震耳欲聾的砲吼中夾雜著呼嘯而過尖細的子彈聲……

他隱隱聽到身旁兩位太太在低聲交談，細微的音調劃過男客粗獷充滿酒氣的狂笑，猶似夏日夜晚輕吟的蚊蚋。「又溫柔，又內向，」「聽說還彈一手好琵琶，也真難為那麼小就來美國，還那麼喜歡中國文化。」「是啊！這年頭，就說是在臺灣長大的，又有幾個會彈……」

「麗君，彈一首琵琶給我們聽聽！」有人高聲提議。

「程士毅一起合奏，看看你這一年向麗君學得怎麼樣了。」

「我不行，又有輕度的音盲，還差得遠呢！」

「別扭扭捏捏的像個大閨女，差得遠也得彈！」

「對！兩人來個琴瑟合鳴！」

祖俊心裡更加煩躁。那片泥波，那片硝煙瀰漫的枯林，濕冷的水霧茫茫……琴瑟合鳴！士毅，不要彈吧，我的小弟弟，我右邊的那顆小星星，我不要聽琴瑟合鳴。那琵琶就像山坡上的機槍聲。（而士毅卻一邊謙讓，一邊拿出了兩把琵琶開始調弦。）士毅，不要彈，我不要聽琴瑟合鳴。那會打穿我的。麗君，麗君，你怎麼也接過了琵琶，你要用機槍打死我嗎？（而兩把琵琶竟已一先一後飛舞起來，彈出了清脆的機槍聲。）士毅，我的左膝又開始隱隱作痛，士毅，我的小指被削掉了。士毅，我舉起槍來瞄準你了。你往山坡上蹭，嘴裡吐著我聽不懂的越南話。士毅，你年輕稚氣的臉，你不要再彈了，我要扣扳機了——砰！

士毅，你倒下了，我走過去俯視著你，你的臉該是平靜、安詳、了無恨意，像是在沉睡中嬰兒粉嘟嘟的臉蛋兒。而士毅，那不是你的臉，那是一張兩鬢微白，飽經風霜中年人的臉。士毅，現在我躺在泥濘的山坡上，我的臉淒苦的仰望著你白裡透紅如嬰兒般天真可愛的微笑——你笑得那麼無憂無慮啊！

士毅，我不能再看你了，我很疲倦，我要睡著了，我真的睡著了。士毅，我真的睡著了，我不要再醒過來，在天上做顆星星不是比在泥坡上做個人更好嗎？士毅，小毅……

「要得！彈得好！再來一個！」兩隻琵琶合起來「擦」的一聲撥出了最後一個音，滿屋子的喊好聲。

祖俊驟然一驚，兩隻手下意識的也跟著鼓掌——他大聲的拍，拍得比誰都響。士毅微微欠身答謝，麗君靦靦羞澀的站在他旁邊。她向祖俊那兒不安的瞟了一眼，很快又收回目光。肇良，你一晚上都沒正眼看我一眼。

夜已深，幾個女客拿著皮包開始起身，男客也跟著站起來。有幾個特別過去和祖俊寒暄道別。

「程兄，這禮拜住在士毅家？」

「不，今天晚上就搬到大學附近和兩位國內來的留學生同住。」

「我也住在學校附近，要不要就由我送你一程？」

士毅正在門口送客，聽到有人說要送祖俊，回過頭來詫異的問道：「二哥，不是說好明天一早上班時我送你過去嗎？」

「我看你也累了，就麻煩這位先生順道送我過去吧！」

士毅猶疑了一陣子，正不知如何決定，祖俊又開了口：「反正離這兒不算太遠，走前咱們還有的是機會見面的。你和麗君還得收拾，就請這位先生稍等一下，我這就把行李拿來。」

說完，又回過頭對著正把琵琶擺在壁爐邊的麗君說：「麗君，菜做得好，琵琶也彈得好，我真是為士毅高興！」

他的聲音有些顫抖，說完頭也不回的往臥室走，留下驚愕的望著他的背影的士毅。

## 6

穿過冬日稀疏的山林，便是派伯洛水庫閘堰後深綠的長湖，十二月的加州陽光斜照在湖面上，波波粼光映著湖畔深鬱的群山。

麗君解下頸上的淺紅圍巾，鋪在窄長的石凳上。一陣清風吹來，她打了個寒噤，岸邊的水草叢裡噗噗飛出幾隻水鴨。她轉過頭向林子裡輕聲呼喚著：

「來這邊坐吧！肇——祖俊。」

在林子裡漫步的祖俊聽到了召喚聲，加速腳步走過來，滿地的落葉發出細脆的沙沙響聲。他的外套領子立著，胸前的拉鍊一直拉到頸間。

竟是這麼冷了！曾聽人說加州的冬陽晒在身上暖過北京的早秋。湖的彼岸，邊坡上層疊的林木像是在冷峻的抵禦著冬寒的侵襲，仍是一片墨綠。山頂上卻有一根根光禿的枯樹，鋼條般參差矗立在淡藍的天色中。

他坐到麗君身旁，雙手插在口袋裡，兩人中間空了小小一截。麗君把身子移近，他本能的向旁移開。猶疑了一下，又停止了移動。

一段漫長的沉寂，樹葉在風中颼颼作響。

「士毅——」她猶疑了一下，「他知道我們之間嗎？」

祖俊面無表情，輕微搖了搖頭。

「總以為你來美國之前會及早寫信告訴我——結果你人比信還先到幾天。」她極力保持平靜，口氣裡還是有些怨意。

「出國的通知來得很倉卒，很多事都集在那幾天。」祖俊望著湖水沉思了一會兒，又輕輕加上一句：「士毅在美國那檔子事也是那幾天才知道的。」

「為什麼——祖俊，為什麼你從來沒告訴過我你原來的名字是程祖俊，在臺灣還有個弟弟？」

「那些事都過去了，死了。當初國民黨兵敗如山倒，我從沒想到他們會活著到臺灣。」他一邊說一邊掏出根菸叼在嘴上，伸手進褲袋掏打火機，猶疑了一下，又把菸放回去。

堤岸下的船塢泊著十條小划船，用粗繩串成幾排，在岸邊凹進的小避風港內隨波蕩漾。套槳的鐵環和木槽摩擦出嘰嘎的聲音，隨著湖面伸展過去——北京的初冬，幾千里外北海公園飄雪的湖邊，上百隻小划船串連在靜靜的湖面上，她也曾和他並立凝視雪片無聲飄落。那些事似乎是很遠的了，又似乎近在昨日。

蓄水庫的另一邊傳來斷續的幾響槍聲，有點兒像節慶夜晚開了花後的煙火砲聲，悶塞、含混、罩在缸中無路可走的悶爆。

「什麼聲音？」祖俊問道。

「槍聲，山後有一個靶場，在美國私人可以擁有槍枝。」

嗯，我也曾有過一枝步槍，他想。甚至還殺過一個人——一個年輕的越南兵。

兩人茫然的望著前方，湖面上一陣涼風拂過，麗君打了個哆嗦，輕輕的用鞋尖踢著地上的草皮，直到微塵揚起。

「祖俊，」她想了很久，終於說出來，「不到機場去送你了。」

他點點頭，沒答話。對岸有一群野鴨從水草叢中飛出，用力的拍撲著雙翅。野鴨落在湖面上，從容地游來游去，腳後曳著長長的水線，恣情的呷呷叫著。那種瀟脫，似乎在宣告著整個湖面是屬於牠們的。

「我走了以後，」他把那根菸又掏出來點上，深深的吸了一口，緩緩的由鼻孔噴出，煙是青藍色的，飄散在空中，有一種悠然的閒散，像個在公園裡散步的老人。「你和士毅就又會在一起了。你看，我失掉了一個愛人，可是倒多添了個親戚。」

就這麼了斷了嗎？來得辛苦，去得倒也快。祖俊，我已預感到你要這麼做了！但是，祖俊，我是一點一滴的支付，你卻是整塊整塊的收取。說得輕鬆，你難道就心中無惑嗎？

冬陽漸漸隱入山後，深黑的湖面像是一潭死水，野鴨的叫聲在山谷間回響，他站起來拉拉起皺的長褲。

「麗君，天快黑了，我們走吧！」

她慢慢站起來，站直了，和他面對面並立著，幾乎整整矮了他一個頭。

「祖俊，」她咬著牙，清清楚楚的下了決心——這話現在不說，以後怕再也沒有機會了，「帶我一起回去！」

他愣住了，頭微微向後揚了一下，驚訝的望著她。「你並不喜歡中國，而我也不可能離開中國。你跟了我，以後不會快樂的。」

「那些——我不在乎，我們在一起的時候不是一直都很快樂嗎？」

他無言以對。兩隻水鴨，一大一小，緩緩游過面前，大的那隻極力貼近小的那隻，像是在護衛著牠。望著水鴨，他聯想起獵戶星座的兩顆足星。

「麗君，我不是沒想過，但是，我只有這一個弟弟。」

「我和士毅已經不可能了。」

「那是因為我的關係，你也曾經愛過他，而且還是不久以前的事。」

「但是已經過去了，一個愛情在女人心裡死掉以後，就很難再回來，有人可以回頭，我是不會回頭的。」

一段漫長的沉寂，水鴨的嘎聲不知道在什麼時候消失了蹤跡，湖面一片死寂。

「我可以用出差的機會去北京看你。」

他搖搖頭。「麗君，我可能會申請回到雲南邊境去工作。甚至，如果可能的話，回到部隊裡，不再那麼容易見面了。」

兩人默默無語穿過樹林，吃力的爬上草坡，祖俊斜著眼看她——她眼中沒有淚水。他隱隱感覺到這不是終點，可能是個啟程——一個沒有終點的啟程。

「我回去會去找你的。」麗君輕聲而堅定的說道：「千山萬水，我都會回去找你的！」

## 7

祖俊走的那天，金山灣區的雨季已經到來，淅瀝不停的細雨令人心煩。

一大早，士毅先到公司轉了轉，卻聽到人事將要大整頓的傳言，上上下下人心惶惶。這陣子紐約總公司對西海岸分公司的表現相當不滿意，三個月內斷斷續續裁員百分之二十，而且好像還沒到底。分公司的總經理也被換掉，換來一個頭臉乾淨，精力旺盛的三十九歲小夥子，頭昂著很像一隻公雞，似乎永遠跟在你後面。

更讓他心裡不舒服的是經過公雞的辦公室，他居然看到小趙坐在裡面的小沙發上。士毅一年前被調到技術產品部門任副經理。這是分公司最重要的一個部門，業績不彰，經理一個月前被迫辭職，懸缺聽說正在考慮由外面來申請的一個中國人。士毅也申請了，雖然他自已知道希望不太大，卻也做夢沒想到另一號人物是五短的小趙。

看到他們兩個在裡面熱絡的談話——公雞對公雞——士毅連進去禮貌性的打個招呼的胃口都沒有。他匆匆的交代了下面一些事，接著立刻打電話到麗君的公司，要接她一道去機場。沒料到昨天說好的，現在麗君卻支吾的推拖，表示不方便這時候告假外出。

開往機場的一路上，祖俊看到士毅神情沮喪，也就不多言。雨點打在車的側窗上，立刻拉長為細斜的水線。前窗霧氣濛濛，祖俊伸手進褲袋想掏出手帕拭抹掉。

「不用了。」

看他一探手，士毅立刻打開暖氣吹風，前窗一下子就明亮了。

忽然，前面一串車子緊急煞車，只見雨中一片紅燈閃亮，眼看就要撞上了！士毅頭向左迅速一瞥連煞車都沒踩一下，立刻打轉往左車道，車身劇烈的晃動，幾乎擦上前車的尾燈。祖俊整個身子倒在士毅的右臂和右肩上，只聽見轟隆隆一陣又一陣的金屬碰撞聲，右車道上已撞成一團糟。甚至尾隨他們那部也撞上去了。

然而此時，士毅卻輕速的駛過公路上那堆冒著白煙，流著綠漿的破銅爛鐵——輕舟已過萬重山，揚長而去。

祖俊驚魂甫定，扳正了身體，向後望了一眼說道：「我們要不要停下來，怕有許多人受了傷……」

「不需要了，警察要找證人，萬一走不脫，你會誤了飛機。」士毅雙手穩當的把著駕駛盤，輕鬆的看著前方。

他們倆並排坐在候機室裡，這班飛機乘客不多。離別的一刻，心裡有許多話，卻似乎又無話可說。

士毅惦記著自己是不是在裁員的黑名單上，又想到麗君不肯來送行這回事——屋漏偏逢連夜雨——但是似乎也沒有拖著麗君一道來的必要。想是這麼想，心裡還是不舒服。

這幾個星期，他已經很清楚的感覺到麗君對祖俊的冷漠。每次他和祖俊聊得起勁，麗君總是落落寡歡的在一旁沉默著，女人的心就是細而窄。他和失散多年的二哥能在異地重逢；這種興奮也不會太久，難道三個星期都不能忍嗎？而祖俊那種面對麗君顯露出的歉然眼神，更使士毅心裡為他委屈。

臺大畢業那年，父親對他說過：「你的衝勁兒足、果斷、有不顧一切的精神。但是你也是一個粗心、對周圍的人的心情反應不敏感的人。你以後有了大成就，那是在我預料之中的，不足為奇。但是我希望你能帶給身邊的人足夠的愛和同情——尤其是女人。你知道，女人比男人更需要愛。從小，你和祖俊的個性就分得清清楚楚。祖俊細心體貼，肯犧牲自己為別人著想，即使他以後不會有什麼大發展，但是在緊要關頭，他能做出一般人不能做的事。」老天爺！像父親這樣一個粗線條的軍人，怎麼會看得出祖俊的個性和未來，他們離開祖俊的時候，他只是個小學生呢！

「剛剛那場連環車禍，我當時以為咱們一定會撞上去。還是你的反應快，當機立斷，閃了過去。」祖俊半轉頭對士毅說道。

士毅微點了一下頭，卻沒接下去，就像這件事沒發生一樣。祖俊看他無言，又接上一句：

「你要是在野戰部隊服役，一定是個出色的軍人。」

「那倒是真的，臺灣大學畢業後，我服了一年半預備軍官役，還被選去受突擊訓練。」

「幸好咱們倆沒在戰場上見面。」

士毅乾笑一聲，想了想，卻又說道：「別忘了，咱們到底是軍人子弟。」軍人的孩子！祖俊心想在部隊裡待了那麼多年，卻也從沒想到自己像個軍人的孩子。擴音機傳出最後一次要旅客登機的廣播，出口處已沒人在排隊，士毅和祖俊同時慢慢站起來。

「祖俊。」

「士毅。」祖俊望著他，面對著面。

「那邊生活條件比較差，我每個月會寄……」

祖俊搖搖頭，伸出左手阻止他說下去，小指被削短的那一段清晰可見。

「我生活簡單，夠用了。」

「士毅，一直以為這輩子不會再見到你了，沒想到咱們哥兒倆分別三十多年後又見著了。不管你信不信，這次千里迢迢來會你，盼望能帶給你好運，我說不出為什麼，心裡就是有這種預感。看到你事業和愛情都那麼好，我也為你高興。士毅，沒有人能把你的運道奪走。這三十多年我沒盡到一個兄長的責任，心裡也慚愧，如果，我能把自己還剩下的一些好運分給你，那就不虛此行了。」由深邃的潭底傳來的，凝重、真切，又帶著一絲神祕——那曾是千古不變的，穿過煙霧茫野，一種明亮而純粹，依附在雲際的清音。

驟然之間，一切鬱悶都自體內飛散而出，沒有一刻，士毅曾感覺到手足之情竟是如此令他震撼，甚至令他不知所措。他們面對著面，眼角是窗外白茫茫的光，遠方像小飛蛾一樣振翼在跑道上的飛機，就在那種錯綜複雜的混亂中，祖俊突然跨前一步，用雙手夾住士毅的面頰，在他額頭上深重的吻了一下，士毅被這種不尋常的舉動懾驚住了，整個人像石膏像一樣僵凍在那裡，口中喃喃正想要說些什麼，祖俊已頭也不回的往機艙走去。

❖

祖俊的話第三天就靈驗了。士毅被提升為技術產品部門經理，邁入公司的中級管理階層，人事命令一發布，立刻被派到紐約和芝加哥受訓兩星期。

公司裡有些中國同事在抽屜裡擺著本紫微斗數，一有事就疑神疑鬼的抽出來翻。士毅從不相信卜卦、皇曆、八字這些鬼玩意兒，他的命運掌握在自己手裡，甚至遇上逆境，也從不責怪命運。但是這次他卻暗自慶幸祖俊給他帶來了好運，否則這個位子被小趙弄到手——簡直不敢想。小趙這個氣質低下的凡夫俗子，再努力、再有效率，也不足為人表率。

紐約回來後，一連串新的業務立時展開，他一方面要適應新的職務，一方面開始大力整頓部門裡逐漸僵化的人事，每天在公司大樓下吃晚飯，然後再回去忙到十點以後才回家。還要三天兩頭兒出差打基礎，下一步棋他準備說服公雞，把行銷部門也併進來，完成一貫作業的程序。

忙得是暈頭轉向，但是那種成就感和一次又一次的克服困難，卻帶給他無比的樂趣。塵埃逐漸落定，能喘一口氣時，他想到又有一段時間沒和麗君見面了。通過幾次電話，每次都是他打去，麗君居然一次都沒主動打來。但是麗君是職業婦女，又在私人的小公司做事，也該想得到他的發展近況，無論如何，她會明白的。

這天他一下班就離開，接了麗君吃頓晚餐，然後帶她回家聊天還特別生了火爐，增加些情趣。

望著麗君欠身往壁爐加木塊，他注意到她的短髮已不知在什麼時候留長了，披散在肩上又黑又亮，像是深谷裡直瀉而下的湍流。有人說中國女人到了近三十歲才開始成熟，以後一年比一年嫵媚動人，一直到四十一枝花的年華還不枯萎。士毅出神的望著她，又聯想到自己事業上的得意，半年後可能梅開二度……他不由得心中充滿了笑意——幾乎要笑出聲來。上蒼，哦，上蒼真是厚待我啊！哦……不，不是，二哥帶給我的好運。

想到二哥，他想不妨乘這個機會告訴麗君祖俊登機前那段話和奇蹟的兌現。但是他要先用試探的口氣，看看麗君的反應再決定怎樣說下去。「很久沒收到祖俊的信了。」

麗君端起茶杯啜著茶，半晌沒答腔，士毅有點不安。

「他剛回北京的時候來過一封信，稱讚你文靜賢慧，說我們倆是很匹配的一對。」

麗君仍然沉默著。

士毅決定轉換話題打開僵局。「我們公司……」

「我前天收到他一封信。」麗君忽然打斷他的話。

「誰？」士毅有點驚奇，沒搞清楚是怎麼回事。

「祖俊。」麗君說道。

「噢！」他的興頭來了。「說了什麼？」

「一些客套話，感謝招待之類的。」麗君輕描淡寫的說，又加了一句：「他說換了一個服務單位，好像是作邊疆民族文化考察之類的工作，可能會去雲南邊境作研究。」

「噢——」士毅有點兒興奮起來。拉長了尾音，「說不定是一種情報搜集工作，那一定很刺激。」他想了一想，又追問了一句：「咦，那——你回信了沒有？」

「沒有。」麗君把茶杯放下，壓低了聲音幾乎只有她自己聽得到。

「你會回他一封信嗎？他……滿稱讚你的，我們結婚以後，他也就是你的哥哥了。」

「我沒心情回。」她幽幽的說。

士毅用鐵夾撥了撥火紅的木塊，火苗子忽然旺起來一條一條的向上衝，像是一群跳躍的舞者。壁爐上的檯架擺著一些手工藝品，還有一個鏡框，框內是他和祖俊在蒙特利海邊的合照，他們倆都在笑，笑得那麼生動自然，背後是大海，麗君照的。自祖俊走後，每次和麗君通電話或是見面，他都得刻意避免提到祖俊——祖俊像是個禁忌。許多中國人的婚姻被糾纏不清的親屬關係弄砸掉，這種事得避免落到自己頭上。更何況這個婚姻還在麗君的考慮階段，更是不能讓她產生疑惑，一生疑就可能變卦，時間會沖淡一切，他對這件事有把握，他有耐心，可以等。

「沒有關係，以後你心情好的時候再回他的信吧。」他委婉的說道。

「夾在你們兩個中間，心情能好到哪兒去？」麗君的回答帶著一些惱怒。

這下子可把士毅的火氣挑起來了。到此，話非得說清楚不可了，否則那個結就永遠別想解開，但是他還是盡力按捺住：「我知道你不喜歡祖俊，你做了很大的努力去適應他，但是你做不到。麗君，祖俊——他在困難的環境裡長大，很多該享受到的、該學的，他都沒有機會。他比不上我們這些人時髦，處處格格不入……」

「我並不嫌他，你知道的，士毅，我不是一個勢利眼的人……」

士毅打斷她的話，用手勢阻止她繼續說下去，「他並沒有意思要夾進我們的生活，也不會變成我的經濟負擔。麗君，可是他是我的哥哥，我在這個世界上僅留的親人！現在他已經回去了，說不定這輩子也不見得有機會再來。我們倆以後要生活一輩子的，任何人都不會取代你在我心裡的地位，任何人也不會成為我們中間的障礙的。」

麗君的臉側向一邊。士毅用掌心托起她纖細的小手，滑過指尖輕輕的用另一隻手撫摸著她的手背。壁爐裡的柴木燃燒殆盡，殘餘的細木條嘶嘶作響，猶如吹過樹梢的風聲。屋裡全暗下來，火光在牆壁上跳躍。士毅不想扭開燈，他已經很久沒有和麗君單獨坐在靜默無言的黑暗裡，那種相互信賴和依靠的溫暖，曾多次在他們體內流過，逡巡不去。

麗君微微側過臉來凝視著逐漸衰退的火苗，柴木上敷著一層薄灰。黑的焦炭灰白的粉末混合著微紅的殘燼。麗君一雙細長的眉梢在柔和的火光中特別嫵媚，睫毛下凝聚的淚珠晶瑩欲墜。士毅騰出右臂摟著她的肩，她卻不像每次吵完架後，當他摟她時那樣感激而又委屈的依偎過來。

「如果，」他安慰她，又像是給自己找藉口，「如果當初他也去了臺灣，也在那兒長大，你今天看到他就不會那麼不自在了。」

「他來美國就這麼短短的三個禮拜，又老像是要躲著我們。數數看，你和他一共也沒見過幾次面，見了面也沒幾句話好說──你很難了解他，也不會喜歡他。」晶瑩的淚珠順著面頰迅速淌下，滴在地板上，似乎還濺起水花。鬱悶的烏雲滯巡了那麼久，第一滴雨終於衝破落下！

「我了解他！也喜歡他！」麗君突然甩過頭來，幾乎是一個字一個字狠狠的吐出來，「我和他在中國大陸就已經在一起了！」

士毅搭在肩膀上的手霎時鬆了。

「你——在說什麼？」

「我在說不能再夾在你們兩個之間了！我和祖俊——在北京就……已經相愛了！」

麗君深深的吸了一口氣，整個世界拋到後面去，她不管了。

「你……開玩笑，」士毅的臉漸漸轉變成蒼白，腦子裡、耳邊、體軀四周有無數嗡嗡不停的蚊蠅，環繞著他旋轉，不知末日的，令人暈眩的轉轉轉，「那……怎麼可能，你和二哥，你和他……我不相信。」

麗君面無表情的微搖著頭。此時此刻，他不相信，也要逼他相信了。她兩眼注視著失措的士毅，冷靜的打斷他的話說道：

「士毅，這是真的，我和他在北京就已經開始了！」

惱人的蚊蠅消失了，士毅眼前一片虛茫，驚愕的望著麗君，嘴中喃喃著：

「你們一直瞞著我……你們倆……但是他是我的親哥哥！」

「士毅，他沒有背著你做任何事；他在中國用另外一個名字。我不知道他是誰，他也不知道我是誰。」

「你——在為他解說？」

「我不是……」

「好，好，好，好。」士毅由驚愕的大夢中醒過來，聲音忽然提高，蒼白的臉逐漸紅潤，睜大的眼睛燃燒著憤怒，「好吧，就算不知道，來了美國總知道了吧？為什麼他不告訴我，你也幫著他瞞，為什麼？為什麼？為什麼！」

士毅的聲音顫抖著，話沒說完，兩隻拳頭連捶著地板，旁邊的一隻椅子似乎也在震動。壁爐裡的殘木發出爆裂聲，掙扎的火星伴著飛灰在那小塊桎梏的，無路可走的空間裡無奈的跳躍，火光是橘紅而柔和的，看起來卻帶著冷漠的嘲諷。

她看到一向冷靜理智的士毅這般歇斯底里的吼叫，心裡開始恐懼，瑟縮而近似哀求的說道：

「他沒告訴你，是因為他要我也守住這個祕密。他說離開我們後，永遠不再回來！」

「哼，」士毅冷笑了一聲，「你的本事也真不小，左右逢源，上下通吃啊！怪不得這半年一年總也不給我一個回答，原來是為了他啊！我就是那麼笨，居然被你們兩個耍了那麼久！」

「士毅，請你不要這麼說，這幾個星期我壓在心裡也夠痛苦了，想告訴你，實在說不出口，也不知道該怎麼說。我知道對不起你，但是祖俊沒有錯，他……」

「好吧，就算他沒有錯，那麼你告訴我，我有哪一點比不上他？他憑什麼把你釣上，還是我看走了眼，你原來是個四處留情的女人？」

「士毅，我不是那種人……」麗君聲音開始嗚咽，「也不是誰比不比得上誰的問題。你不知道我要的是什麼，我從小……」

她斷斷續續抽搐的說著，終也按捺不住，恣情的哭泣起來。

士毅虛幻的站起來，雪白的襯衫後襬露在西裝褲外。他扯鬆領帶，茫然的走到窗邊，把前額貼在冰冷的玻璃上。窗外透進的涼氣和他呼出的鼻溫敷成一圈白茫茫的水霧。

他站了很久，極力的平靜自己，想從混亂中理出一個頭緒來。他抿著嘴，上齒咬著下唇，幾乎咬出血來。

老天爺，怎麼會有這種事？上次的婚姻……這次還得重演嗎？我該怎麼辦？二哥，麗君，我自己，老天，這是怎麼發生的？世界上這麼多人，怎麼就偏偏挑中我們三個？這又是誰的錯呢？

鬥志？鬥志！該鬥下去嗎？又要鬥什麼？和誰鬥呢？是誰該受傷害？傷害又將有多深？二哥說要永遠離去？但是麗君肯就此罷休嗎？如果贏得了麗君，此後的日子將是怎樣的一個局面？失去了麗君，又將如何呢？

暴風雨似已停止。他閉上眼睛，背後麗君低聲的啜泣不再帶給他煩躁和混亂；此刻，風平浪靜的此刻，他只感到難以理解的穩定，連他自己都驚訝的，超乎常態的穩定與冷靜。

良久，他才啟口，仍然背對著麗君：

「麗君，我要問你幾個問題，就這幾個問題，不願意回答我也不怪你。」

他慢慢轉過身，面對著面，麗君點點頭。

「我從來沒遇見過臺灣來的女孩跟上那邊來的男人。那是怎麼樣的一個結局？你沒想過嗎？成長環境、觀念、經濟，甚至生活習慣都不一樣，為什麼你要打這個先鋒？麗君，難道你不知道婚姻和愛情是兩回事？婚姻最重要的是條件的匹配，許多愛情走到頭並不一定是婚姻！」

「我知道，士毅，我全知道。但是愛情是你的一部分，是我的全部！」

「那麼，你準備怎麼樣？」

「我已經訂了機票，下個月出差到北京去找他。」

士毅頹然跌回沙發上，終站已到，空蕩蕩的車廂，汽笛的鳴聲混雜著輕淡的煤煙味，一切都是那麼熟悉與寂寥，那一部分的回憶竟是如此清晰明亮，淡灰的塵夢——一個他知道挽回不了的頹勢，他以前就曾知道過的。

窗外的遠山在夜晚已臨的朦朧中仍然依稀可辨，山外套著山，永無休止的山。麗君停止了啜泣，揉成一團的小手帕墜在地板上，她也無意拾起，只把頭轉向窗外。如果順著山路走到山頂，她想，她就看得到山外的大海，那片阻隔著兩塊大陸的太平洋。

只是那條山路必定崎嶇，能走得上去嗎？

# 8

夜晚的海潮似是特別洶湧，一波又一波劇烈的沖激著黑黝黝的灘岩，崩散為千萬點閃閃白花，又被急退的海潮捲回大海。遠方海面出乎尋常的單調，一眼望去竟沒有一點漁火。

士毅屏住氣息，仔細聆聽雷聲騷動的海濤，那似是在他體內迴蕩不已的潮聲。身旁的麗君後天即將飛越眼前這片無際的大海，可能這是最後一次見面了。

他們在那兒沉默的站了很久，這也是多日來第一次的見面。從到餐館吃晚飯開始，似乎就沒什麼可談的。真相擺明後，他和麗君就像自我設限一樣中斷了連繫。這種情況，他想，見了面又能說什麼呢？總是個尷尬窘迫的局面。

這些日子，也夠他心力交瘁的了。屋漏偏逢連夜雨，公司不顧他的強烈反對，雇進小趙頂他遺下的那個缺：「傑瑞．趙的專長是品質管制，我們的產品銷售情形不好，又有幾次退貨和規格方面的官司，就是品管的問題。」

傑瑞，傑瑞，也真虧他想得出給自己取了這麼一個卡通畫上老鼠的名字。

更令他憤怒的是「傑瑞」在他出差的時候，和公雞聯手把他這部門經營兩年的一個計畫完全取消。「總經理認為明擺著我們在這方面競爭不過日本和臺灣的公司，不如及早撤退，把精力集中到其他產品上。」

他也隱隱知道事已不可為，但是騎虎難下啊！已經苦心經營過的，就那麼容易脫手嗎？

「我們可以把廠子搬到中國大陸去，生產成本起碼降低百分之七十。」

「搬到大陸去？！」小趙抬起頭拍拍腦門。「我的老天！中國軍隊現在大量集結在越南邊境，你也看到三天兩頭衝突死傷的新聞。天曉得他們會不會和越南人、俄國人大幹一場！」

大幹一場，那又如何？嘿，這小子居然踩上來了，你曉得老子現在有多少頭痛的事嗎？他索性關起門來和小趙用中文大吵一陣，把所有的怨憤都發洩出來！

「其實你發脾氣不是為了我，是為了你自己！」小趙在暴風雨平靜下來後忽然又來了這麼一句。

他驚訝的望著小趙那張滿月大臉，扁平的鼻子上不調和的掛著一副小金絲眼鏡。「你很強，所以你一直認為能控制自己的命運。實際上，士毅，你只能控制一部分，另外那些永遠不在你的掌握之中——不論是事業、感情、家庭、婚姻都是如此——有時候，人要妥協。妥協不是投降，也不是失敗，只是此路不通，有更好的一條路等著我們去走……你看，我家裡有個低智的孩子，折磨了我十幾年，我也沒崩潰啊，還不是活得好好的……」

他居然會想到愛情和婚姻！還頭頭是道。

士毅也知道，在這個陰盛陽衰的華人社會裡，像他這種「奇貨」找個對象絕不難。人生就是這麼回事，這輩子活這麼一次，又何苦為一個女人煩惱呢？

想是這麼想，那層煩惱卻是拭拂不去。

何況，夾在中間的，不是別人，是祖俊。

海邊的風不大，但深冬的夜晚帶來侵肌的寒意。他為麗君豎起大衣的領子，帶著她並肩走在濃密鬱黑的松林裡。身後的潮聲漸漸消失，踏著滿徑柔軟的松針，足音清晰而細碎。兩人默默走了好長一段路，不盡的天明與日落，比他過去這多少年所走的還長、還遠；內戰、離亂，一段宿命的愛情，一種無奈的悲歡離合，戲劇性的巧合，大時代裡的一個小悲劇，女人渴求的愛與關懷……最後卻將以一場春夢終了！

穿出松林是一大片空地，遠方朦朧的山丘像鬼影般矗立在鬱暗的黑夜中。

「有一次，我帶祖俊到這兒來看海。他說他喜歡海，我說我喜歡山。」他輕輕的咳了一聲，用手捲成拳頭半掩住嘴。「然後祖俊告訴我，山會令人心胸開闊，海卻使人悲觀。」

祖俊，祖俊，那個同樣走著悲劇命運的二哥，一個一無所有而又擁有一切的二哥。麗君回去跟了他，他這輩子能活得心安嗎？

仰首望蒼穹，萬里長空，滿天的繁星，人就像那千千萬萬的閃爍中渺小而永遠不被忽略的一顆，只有在它即將消失在天際時，才拖著一條光流瞬時劃破黑夜的沉寂。

流星，此刻正有一顆流星橫過長空，墜落在天邊。

「小時候我和他在一起玩，常常自比為天上獵戶星座的兩顆足星。」士毅抬頭望著天空說道，「讓我指給你看——獵戶星座。你看，就在那邊，在你頭……上右邊那顆是我，左邊那顆是二哥。」

麗君緩緩抬起頭來，她看到了獵戶星座。

兩個人同時愣住了！

獵戶星座的九顆星牢固的嵌在漆黑的天幕上，顆顆發出灼亮的光輝。左下角那顆足星卻失去了蹤影。

「那顆，怎麼看不清呢？」麗君輕聲的說。

「可能被離散的雲掩住了。」

「可是滿天的星斗，應該沒有雲啊！」

「天那麼黑，薄雲不容易看出來。但是，我隱隱約約的……。」

路已走到盡頭，前面是個小土坡，坡上稀稀疏疏的長著些細草，車就停在坡邊的沙地上。士毅大步跨上小坡，回首向麗君伸出手，他的手又大又厚，輕輕一提，麗君就安穩的上來了。

兩人坐進車子，士毅那邊車門半開著，左腳踏在車外沙地上，一邊脫外套一邊側對她說：「到了那邊，需要什麼就寫信來，我會儘快給你辦的。」他停頓了一下，像是想起什麼似的又說道：「噢，北京的冬天冷，祖俊以前作戰受過傷，我買了兩套長的緊身內衣褲，麻煩你帶給他。」

麗君偏過頭去，躲開士毅的眼光。昏暗的座燈散發著青黃的光，車裡飄浮著松針的澀香。揉合著沙灘帶來海水的微腥味。

「二哥是個體貼的人，你跟他在一起，我也放心。你看，到頭兒來，我們還是親戚。」

多麼奇妙，他們倆講的居然是一句話。

「士毅！」麗君轉過頭來凝重的望著他。

「這些日子我想了很多，感情的事，不是單方面的，勉強不來的……」

「士毅——」她打斷了他的話，語氣卻是有點兒遲疑，「祖俊……」

她的話停在那裡。他在等她，半晌沒聲音。他斜飄了她一眼。她的嘴唇蠕動了幾次，還沒說話，眼圈已是濕潤。

「你怎麼啦？」士毅溫和的問道。

麗君似是沒在聽他說話，右手緩緩由大衣口袋裡伸出來，手中握著張皺成一團的紙。

「你有什麼話，慢慢說。」士毅用緩和的語氣說道。

「祖俊的信……」麗君閉上眼搖搖頭，把手中的紙團遞給他，卻再也說不下去了。車裡驟然靜下來，只有柔軟的皮座墊發出細微窸窣的低語，還是車外風吹樹葉的沙沙聲，由遙遠的地方透過層層荒茫曠野的濾篩傳來。整個世界黑沉極了，所有的光關到這侷促隱蔽的車內。昏暗的光影中，兩人彷彿都在有所期待，也許期待那是最後的解脫，或是新生。

麗君：

寫信給妳時，早春二月的陽光照耀著。第一次在北京機場見到妳，也曾是這樣明亮美好的一個日子。妳穿著黃色裙裝，微頷首向我問好，薔薇的笑漾在妳年輕的臉上。

人和人有緣，所以千里來相聚；人和人無緣，所以黯然離散。過去的日子，美麗而感傷，遙遠而親近。窗前一隻小小的黃雀，不停的向我叩頭呢喃，我聽不懂鳥語，但又似乎聽得懂。還記得妳告訴我新公園那場民歌演唱會，妳生病發燒，爸爸和媽媽吵架，妳渾噩的走在臺北盆地的惡夢中；也還記得小時，士毅邊跑邊對我喊道：「小俊，你看天上的獵戶星座，右邊那顆是我，左邊是你！」

在我們的生命中，哪條橋要過去，哪條橋要毀掉，常是不容易的決定。人的生命，總有翻到最後一頁的時候。今天，我已埋葬了我三十九年的歲月，回首佇望，在我的記憶中夾雜著許多血肉模糊的故事，有過困惑與徬徨、也有掙扎，然而沒有一刻比現在更清醒更堅定。

明日我將啟程前往潮濕悶熱的雲南邊境。此行長遠，寂寞而險惡。日暮鄉關，漫漫長夜，邊境上烽火不斷，衝突日增。不要來找我，我將從妳和士毅的世界消失。因為我不屬於你們，你們也不屬於我。

上帝從未在我心中存在過，而此刻，我似乎是看到了他的光。

祖俊

士毅一遍又一遍的讀，讀著讀著臉色逐漸轉成蒼白，眼前一片茫然。

「他信上說他在雲南？」他恍惚的問道。

「是的。」麗君細微顫抖的聲音由幽谷裡傳來。

「在雲南的邊境部隊裡？」

「……」

一陣暈眩飛快閃過，排山倒海的海潮像戰場上沸騰的千軍萬馬衝殺而來。

「他跨過邊境沒有？」

「……」

「為什麼他要這樣做？」

「因為那是他最好的解脫。」

浪潮不停的撞擊，他的頭開始膨脹——膨脹、膨脹，不停的膨脹。滿天的星斗射出耀眼的光芒，刺得他眼睛都睜不開。星群緩慢的運轉，拖在星尾的光流猶似舞在黑幕上千百條閃亮的絲帶，「不，麗君，那不是祖俊。我知道那不是他，因為他在等著你去會他！」

星群的運轉越來越快，大片的白光發出驚天動地的爆裂聲，無數條星雨打在他頭上，散在他身上——他被包圍了，四面八方的被圍在北京城裡。他拚命想衝出來，腳卻黏在地上動彈不得……無窮無盡的混亂中，有人拉著他的手，冥冥中感覺那是祖俊要帶他出去，他奮力睜開眼睛，朦朧的看到祖俊慘白的臉，雙眉緊鎖的熟睡在泥濘中……

一切的旋轉和混亂都已靜止，他由暈眩中清醒過來，晚風輕柔的拂在面頰上。

似乎聽到蟬聲，少年時期炎熱的南臺灣慣常聽到的那種，幾年以前，他在一部中國電影中也曾聽到北京夏日午後的蟬聲。

❖

大霧起了，舊金山的夜晚最迷人，霧起時更是令人心醉。霧在街上飛，荒涼的黑夜被隔離在白茫茫的霧裡，更增添了它的神祕和難以臆測。由海邊回到士毅的家時一定已近子夜。靜極了，四周住家的燈光幾已全熄，只有幾盞路燈在霧茫中散著青蒼的黯光，像個無助老人眼眸裡所發出遲怠的光。

窗外滲入曖昧的夜色，屋內昏黃的燈光在燈罩下惺忪欲眠。一切都是那麼寂寥無奈。麗君倦然斜倚在沙發上，茫然的凝視著茶几上一盆翠綠的萬年青。

牆上大幅的刺繡在黯淡的燈光中給人一種欲振無力的感覺。那是祖俊由北京帶來的，某一個地方的風景，湖畔有個人在眺望。士毅記得，白天的時候，尤其是在明亮的午前，刺繡上閃耀的湖水和淡淡的陽光，遠山、彩雲、青綠的樹顯得那麼悠然。現在看看卻變成了蕭瑟的冬天，大塊的鬱暗覆蓋著無盡的淒滄，一個孤獨的背影默默的凝視著暮靄——在降雪的湖邊。這片景象，似是在某一個模糊的夢裡出現過，又像是某一個人曾帶來給他的臆思。

靜籟中最容易想起前塵往事。最難忘的是那次在機場和祖俊重逢，如何猛一轉身，祖俊已經整個微笑的站在他面前了；還有一次他在家裡宴客，祖俊默默的坐在屋角看他和麗君合奏琵琶，他彈得荒腔走板，卻還贏得滿屋掌聲；又有一次，他和祖俊倚窗坐在蒙特利灣那個灑滿了陽光的小咖啡屋，望著窗外來往的行人，低聲談著往事，那種安逸的感覺，至今印象猶深。

兩把琵琶安靜的豎在牆角，暗褐的琴身上敷著一層薄灰，淡黃的燈光照在上面，更顯出一種久封的寂寞。他緩步走過去，掏出手帕輕輕拂去琴身上的塵埃，一手提了一把走向麗君。

「麗君，來教我彈琵琶！」

她緩緩抬起頭來望了望士毅，接過他手上的琵琶，坐直了身體，在弦上輕輕的撥了幾下，輕脆的弦聲劃破滿屋的靜寂。士毅很快和上了節拍，琵琶聲彈到四周的牆壁上，來來回回在屋裡迴盪著，瞬時整個屋子充滿了樂聲。

琵琶聲由緩入急，兩人的指尖在弦上飛速的跳躍，潺潺水流滑過苔綠，墜入溪澗，在澗岩上衝撞飛躍，水花四濺。士毅感覺自己從來沒有彈得這麼熟練應手，他的手指和琴弦混合為一體。弦音馳騁在林間，雲端和蔚藍無際的天空。當澗流逐漸進入緩坡，淡淡的流動時，兩把琵琶同時彈出了微細的鈴聲。

彈著彈著，天忽然明亮了，整個世界襯在大放光明的燈火中。士毅湊過耳朵細心諦聽著。他微揚頭額望著窗外，恍惚中看到祖俊騎著小毛驢，踩著滿山紅葉的小徑，由遠而近，鈴聲不輟的向他走來……

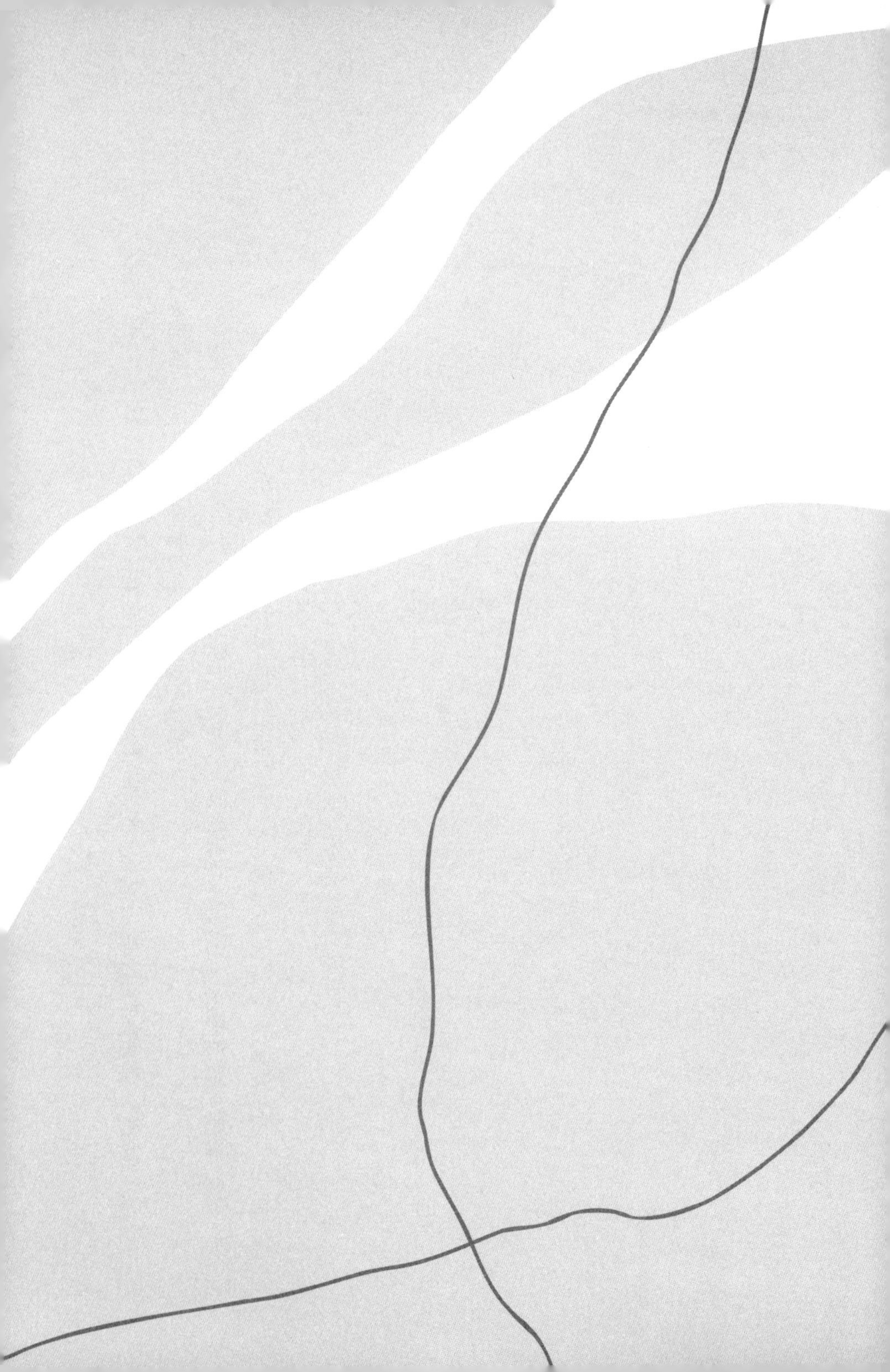

# 第二輯

這五篇是許多年前我大學時期的作品，
把它們收在書中，以免那個時代永遠流失掉。

# 白門，再見！

每天上學，總要經過一扇白門，它曾帶給我們喜悅，也曾帶給我們痛苦，帶給我們希望，也帶給我們幻滅。

那年夏天，我們剛考進高中，功課輕鬆，心情愉快，很快，大家就混熟了。我們大多是同校初中畢業的學生，每天的話題不外是初中的那些老笑話、電影、學校裡的運動員和一些莫名其妙的社會新聞。漸漸，也有人提到那扇白門……

白門坐落在學校旁門的那條街上，它是一幢精緻的日式房子。從街上，可以看到門內的庭院裡有幾株榕樹遮著日光。日式房子不高，也不寬，但是粉刷得很漂亮，倒也顯出一點兒氣派。白門面向東方，漆得很亮，把淡紅的木條完全遮蔽，早上太陽射在白門上，反射出來，給人一種平靜和藹的感覺。

這扇白門是這條街上唯一的一扇白門。事實上，走遍臺北市的大街小巷，也難得發現幾戶人家有白色的大門——尤其是漆得那麼光亮的白門。我們上學大多要經過這條街，所以街上的動靜，兩旁的建築難免要進入話題。像大多數的中學生一樣，我們都是騎車上學的，每個人經過那扇白門，總像經過閱兵臺一樣望一望。

實際上，我們所注意的，並不是那扇白門，也不是那幢日式房子，更不是那幾株榕樹，而是一個住在白門裡的——女孩子。

這個女孩子並不很漂亮，瘦瘦小小的，頸子有點兒長，留著當時中學女生最流行的赫本頭。但是她的眼睛很大，頰上有兩點淺淺的酒渦，皮膚白淨，衣服也整潔，可說氣質相當好。每天早上七點鐘，她準時由白門裡跨出來，肩著一隻黑書包去上課，由她的制服，我們可以知道她是女中高一的學生。

我們是個男校，除了教職員以外，學校看不到女性，更別說女孩子了。當時大家剛入高中，所以也沒有人交過女朋友。每天早上上學要遇到這麼一個可愛的女孩子，當然課後難免要談一談了。那時大家都對「密司」（Miss）很感興趣，所以搞到後來，每天都要談白門裡的女孩子。大家也不知道她姓什麼叫什麼，所以就都叫她「白門」。

「白門」不是我們班上的專利，高一幾班的學生都在談她。但是據我們所知，高二、高三的同學並不對她太感興趣。甚至有些高班同學根本不知道有這麼美妙的一個女孩子，多少使我們有點失望。

這一年平平淡淡的過去。暑假來了，我們不再上課，不再經過那條街，也不再遇見「白門」。有時同學小聚，沒有人提到她，似乎是把她忘了。

開學以後，大家又見了面，每天早上又要經過那條街，所以「白門」又開始活躍在我們心中。

校內舉行籃球錦標賽。這次一反往例，不採班級對抗的方法，而是由同學任意組隊。於是各種怪名的球隊紛紛組成，比方「烏龜隊」、「骷髏隊」、「老母雞隊」、「聯合國隊」等等。我們幾個雖然不太會打籃球，但卻是好事之徒，看看盛會當前，不免也想湊湊熱鬧、應應景。於是我們也組了一個球隊，決定取一個更有趣的隊名，想來想去，最後「大嘴」提出以「白門」作隊名，立刻獲得一致熱烈通過。於是「白門隊」正式成立，並且還在開服裝廠的小趙家作了一批球衣球褲。球衣是灰底紅邊，前面貼著「白門」兩個大字。星期六下午，我們全體到球場上練球，球衣很俗氣，球技又不高明，所以當場就有人提出抗議，認為我們沒有資格以「白門」為隊名。

第一場比賽是對「烏龜」隊，決定在星期四下午第二節課舉行。有人提議請「白門」親自來主持開球，但是從來沒有人和她講過話，所以此議也就作罷。星期四那天，來看球的人很多，尤其是高二的同學慕「白門」之名而來的更是不計其數。

比賽相當悽慘，我們以九比六十六輸給「烏龜」隊，全隊一共吃了四十三隻火鍋，小趙把腳踝扭傷，老錢內八字腳自己絆了自己，一個狗吃屎掉了兩顆門牙。

「白門」隊雖然慘敗，但是「白門」的風頭卻更盛。歷史課，先生講到清朝「洪門」影響力之大和在海外組織的廣泛，當時有人在下面說「白門」的影響力可能更大。有一次我們在和平東路看到一家「白門鞋店」，結果不少人還去訂作皮鞋，那老闆可能莫名其妙，這一輩子沒交過這麼好的運。

「小條」是本班的作弊大王，他腦筋快，行動鬼祟，發明了各種作弊方法，但是成功的機會不多，曾經伏法三次，前前後後記了一個大過，四個小過。「小條」是本班第一個向「白門」採取行動的人。有一天，他忽然沒騎腳踏車，徒步上學，據說是鍊條斷了。但是接連一星期他都沒把車修好，於是大家知道這裡面一定大有文章。有一天到底是拆穿了，有人看見他在拐彎處作等待狀，「白門」一經過，他馬上湊上去鬼纏，但是「白門」昂頭而行，毫不理睬。當天這條新聞立刻傳遍，「小條」被攻擊得體無完膚。大家一致認為「小條」太失本班尊嚴，尤其是和「小條」勢不兩立的「夫子」，更對他痛加撻伐，認為這種舉動「太無聊了！太無聊了！」「小條」終於「認錯」、「悔過」，保證以後行動一定公開，一定光明正大。「夫子」還堅持他寫一張「悔過書」貼在閱報欄，但也有人給他打氣，希望他再接再厲，有情人終成眷屬。

「夫子」素以道貌岸然著稱，有一次，我們旅行碧潭，恰遇某女中的同學也在那裡遊玩。即此美不勝收之時，「夫子」居然目不斜視。事後引起一致的讚嘆，有人還在級會上表揚他。「夫子」分析「小條」的行動，認為是世風日下，人心不古的一個例證，而「小條」受了愛情電影和言情小說的影響，才會造成此一不幸事件。

很不幸，「夫子」成為「白門事件」的第二個犧牲者。有一天早上，小趙騎車上學，那條街上沒有旁人，「白門」踽踽獨行，「夫子」也騎車在上學途中。當時小趙看到「夫子」，但是「夫子」並沒有看到小趙。當「夫子」和「白門」打照面時，小趙發現「夫子」向「白門」微笑點頭，「白門」沒有反應。

第一節課終了，大家圍住「夫子」，展開會審。「夫子」起先抵賴，作了種種解釋，但是破綻很多，而且語無倫次。在眾口紛紜之下，「夫子」終於俯首服罪，承認他一時胡塗，以為「白門」在對他微笑，所以花了眼。平常「夫子」在班上表現良好，清掃教室頗為熱心，也常在課業上幫助同學解決疑難，所以大家為「姑念該生前途，決予從輕議處」——每人紅豆湯一碗。

對於「白門」的家世，我們一直不清楚。有一陣子謠傳她的父親是某大保險公司的董事長，誰要娶了她，這輩子的飯碗就保了險。又有一陣子，謠傳她父親是某大學物理系名教授，明年度大專聯考物理科命題教授的熱門候選人，能追上這位千金小姐，少說也能探到一點兒命題意向。還有一陣子，風聞她父親是某大戲院總經理，要是追上她，該戲院可自由出入。無論如何，她的父親是什麼樣子我們都不知道。

「皮蛋」在高二下神氣過一陣子，因為他聲稱，最近才發現他家和「白門」家是世交。他說「白門」姓吳，江蘇省人，家道小康，「吳伯父」任職某化學公司業務部主任。「皮蛋」的姨父是該公司董事長，所以近期之內，「皮蛋」準備向「白門」展開攻勢。大家對「皮蛋」讚羨不已，「皮蛋」也以準未婚夫自居，開口閉口提到「我那口子」怎麼怎麼樣。

「皮蛋」的好日子維持不到一個月，因為他根本就認錯了人，那位業務部主任是住在「白門」對面的「綠門」裡，而「綠門」主人也有個女兒，只有四歲，「皮蛋」最少要準備個十五年計畫。

高二快要終了時，有許多人開始動「白門」的腦筋，聽說軍樂隊的一個小子一直跟她到學校，沒有什麼成就。老朱是班上最懶、最胖的，早上升旗一向趕不上。現在他兄弟也每天早上提早一小時起床，而且徒步上學，對外揚言是規律生活，鍛鍊身體，減輕體重，天曉得！

期考前幾天，「小條」突然傳出驚人消息，他發現「白門」和一個英俊的男子（像是個大學生）依偎穿過新公園。班上立刻引起一陣混亂，「白門」穿的什麼衣服，大學生穿的什麼衣服，大家都向「小條」打聽。「小條」一一作答，言之鑿鑿。有人還問「小條」是不是有近視眼，最好到醫務室徹底檢查一下。無論如何，這一天的課都沒好好的聽，每個人心裡都不太痛快。有人還痛責那個大學生太不自愛，國家花了這麼多錢培植他，但是他不好好念書，整天從早到晚追女朋友，實在有負國家期望。

「小條」在放學時宣布這個消息是個騙局，因為他看到這兩天同學太用功了，班上死氣沉沉的，所以製造個新聞刺激一下。大家聽了紛紛指責「小條」不應該亂講話，今天又不是愚人節，況且大考前夕足以影響思緒。表面上雖然指責「小條」，實際上大家心裡還是很高興，「白門」到底還是屬於大家的。

高二這一年課業逼得緊，開學時，班上有七個人沒升上高三，「大嘴」也慘遭不幸。聽說他還到化學先生那兒哭過一鼻子。我們紛紛安慰他不要太傷心，留一班也許考大學能考得更好。最後大家還告訴他，只要「白門」存在一天，這個世界就有希望，希望他時時記得「白門」，砥礪自己。

高三開始分組，我們全班投考甲組，生活漸漸開始緊張，星期日還有很多人來學校念書。一個月後，小趙說他準備轉考乙組，理由很簡單，聽說「白門」第一志願是臺大商學系。大家死勸活勸，小趙才打消了這個念頭。

我們在放學後常到市立圖書館去看書。有一天，市立圖書館清理內部，所以停止開放一天，於是大家又轉到中央圖書館去看書。我們八個人進去，看到角落裡有一張桌子空著，只有兩本書擺在位子上，於是大家就占據下這個桌子。半個小時後，那個用兩本書占位子的人來了，出乎意料之外，她竟是「白門」。大家面面相覷，驚得說不出話來。「白門」很安靜的坐下來看書，似乎毫不知道她已經是個新聞人物了。不一會兒，老楊說他要出去一會兒，二十分鐘後，老楊吹了個新頭回來。

寒假過後，小趙口氣忽然大起來，有時候簡直不把我們看在眼裡。對於「白門」，他更是百般批評，一會兒說嘴太小，一會兒說頭髮太流氣，一會兒又說不夠性感。小趙寒假裡追到一個女朋友，是我們這一群裡第一個「有家」的人，當然要自抬身價一番。小趙盡量利用話題談他的「密司」，有時也不免肉麻，不過小趙本來就是肉麻人物。大家對小趙是敢怒不敢言，任他亂吹亂罵。有一次，我們到西門町看電影，碰到小趙，也算見到了「嫂夫人」的廬山真面目。

說實話，小趙的密司的確不太高明，臉扁扁的，像是給印刷廠的捲紙機滾過一樣，頂多打六十一分（和小趙上學期的英文成績相同）。而且小趙那口子還常常耍小性子，弄得小趙如醉如癡。大家在忍無可忍的情況下，推「小條」為代表，把大家的觀感轉告小趙，同時希望他以後收斂一點兒，小趙怏怏。

聯考前兩、三個月，班上比較平靜，每個人都在為前途拚命。有時讀書讀倦了，群集在走廊上小聊一陣，還是提到「白門」。聯考以後，大家不知道會分到什麼學校什麼科系，也不知道以後還能不能常聚在一起，不過朱胖子講過一段話：「不管我們走到哪裡，離得多遠，大家還能常常想到『白門』，想到『白門』，就會記得那段朝夕共處的可愛日子。」

聯考填志願，班上分成兩大派，一派以「皮蛋」為首，非醫科不讀，幾個醫學院的醫科填完之後就不再填了。另一派以「狗熊」為首，把各校理工學院的科系填了七、八十個以後，最後再填上一個「國立臺灣大學醫學院預科」，真是把「皮蛋」他們氣壞了。

這幾年的苦讀總算有了代價，小趙和「皮蛋」、老錢如願以償，分別考入臺大和高雄醫學院的醫科。「狗熊」和「小條」以系狀元考入臺大工學院和理學院，朱胖子也考進臺大。「夫子」考進成大工學院。老楊返回僑居地，轉赴美國入佛羅里達大學土木系。班上大部分的同學都考入幾所著名的大學。

我們在中正路一家飯館舉行謝師餐會。大家都很高興，搞得一塌胡塗。一向以鐵面孔著稱的數學先生，還在酒後唱了一段河北小調，韻味十足，後來應觀眾一致要求，又唱了一段歌仔戲，二樓所有的客人都大鼓其掌。舉杯互視時，有人提議為「白門」乾一杯，立刻獲得全體熱烈響應，幾位先生莫名其妙，不知「白門」何許人也。

大學第一年，功課雖然緊，大家生活得很愉快，常互相通信，報告自己學校的情形。南部的「夫子」和老錢更常問起「白門」的消息，但是她究竟考入什麼學校，沒有人知道，不過我們一再向老錢和「夫子」強調，還沒有「白門」出嫁的消息，請他們安心念書。朱胖子和「皮蛋」一入臺大就當選班代表，「狗熊」當選校友會副總幹事，專司和某女中聯絡之事，再加上他小子外型瀟灑，是相當吃得開的人物。

老楊在佛大比較寂寞，不過大家常給他寫信，報告這邊的消息——尤其是「白門」的消息。每次回信，他總在藍色的郵簡上用白顏料畫一扇門。

第一次同學會在大一的暑假中召開，「眼鏡蛇」妙想天開，認為「同學會」這個名詞太俗氣，大家既然都喜歡「白門」，何不把「同學會」改名為「我們愛白門協會」。「皮蛋」修正「眼鏡蛇」的提案，要求「協會」改為公司組織，於是「我們愛白門公司」正式成立，老錢被推為董事長，「小條」任祕書，全班同學均為股東，每人每年認五百塊股息，每個寒暑假聚會三次。

大二是最輝煌的一年，「夫子」考上普考狀元，小趙得到書卷獎，「狗熊」追上農學院某系的系花，「眼鏡蛇」中了愛國獎券的第二特獎，「小條」在校內英語演講比賽得到冠軍，老楊在佛羅里達大學中成績優良，獲得了兩千七百美金的獎學金。這個暑假，我們在小趙家開了一次舞會，由「狗熊」出馬，邀了不少漂亮的女孩子。其中包括三位系花，某校理學院四美之一，某專科學校六大金剛之一，真是盛況空前，風雲際會。不過有一點為大家惋惜的，沒能請到「白門」。

「錢董事長」終於在大三的期中考後打聽到「白門」的消息。老錢的表姊和「白門」同就讀於某專科學校。有一次兩人閒聊，老錢才知道「白門」和表姊有過點頭之交，由她口中，知道「白門」是一家營造廠老闆的獨女，準備角逐下屆中國小姐。老錢為顧及尊嚴，沒敢把我們那些事抖落出來。

我們為「白門」競選中姐忙過一陣子。朱胖子準備召集北市各大學同學組織一個助選團，屆時搖旗吶喊；老楊由美國寄來五十塊美金以示贊助之忱；夫子為這件事作了一首七言律詩「聞白門選中姐」，酸酸的，看了渾身不舒服；老錢念醫科，一再督促我們把「白門」的相片和尺碼寄給他，要寫一篇「白門之骨骼及肌肉分析報告」。

結果是空忙一場，「白門」根本沒報名。

「小條」身體一向不好，幾年化學系功課重擔一折磨，他在期考前一個星期倒下了。我們到臺北醫院去看他，「小條」臉色慘白，仍然強顏談笑，還提到「白門」的往事。我們離開時，他說：「想到『白門』，我的病就會慢慢轉好。」

朱胖子這學期「結構學」和「鋼筋混凝土設計」都沒通過，湊足三分之一學分，非五年不能畢業了。

夏天，我們在大專集訓中心過了三個月緊張的生活。這段時期，「小條」的病加重了。

開學後一個月，由美國傳來老楊的消息，他因車禍喪失了一隻手臂，我們不知道一位土木工程師要怎麼樣以一隻手工作。

大學最後一年，惡運像傳染病一樣在我們之間流行。小趙家破產，由仁愛路的花園洋房搬到郊區的違章建築；「皮蛋」喪父，家庭生活頓成問題；「狗熊」的女友變心，使他很消極，每天在彈子房鬼混；「眼鏡蛇」在學校裡和同學打架，被記兩大過；倒是「夫子」在臺南比較安靜，一邊作定性分析實驗，一邊研究「存在主義」。他在信中說：「幻想和無方向的奔逐並不是我們這一代青年人的專利，歲月會腐蝕一切的稚氣。我們慢慢長成了，試著學習像一個成熟的人那樣思想吧，誰能告訴我，『白門』究竟給我們帶來什麼……」

「小條」在夏天離開我們。他是個聰明的人，也許對命運的撻伐看得較輕。那天陽光普照，不像是個悲哀的日子，「小條」微笑著對我們說，「記得吧！一年前我說過，『想到白門，我的病就會慢慢轉好』，現在我改一改：想到白門，我就會在另一個世界裡對你們微笑。」

畢業後，我們分發到各部隊服役，醫科的幾個還在繼續他們的課業。彼此之間的聯絡越來越少，接踵而來的將是飯碗、留學等令人煩惱的問題。大家的盛氣殺掉了不少，連一向好辯的「眼鏡蛇」也不喜多說話了。

夏天又來了，「夫子」和小趙赴美深造，我們到機場去送行。「夫子」在檢查口向我們握手道別時說：「有『白門』的消息，馬上通知我們。」

自高中畢業後，有七年沒看到「白門」了，甚至不知道她的消息。這七年中我們的思想漸漸成熟，各種生活也一一體驗到。尤其最近幾年，事業不如意，愛情不如意，成績不如意，有時真使我們心灰意冷，但是每當頹廢消沉的時候，只要有人說，「白門還沒嫁！」大家就會感覺到一線陽光又照進來了。「白門」成為一個象徵，象徵著純潔、希望與美麗，同時，也象徵著一個揭不開的祕密。

我們又遇見了「白門」，在方老師古色古香的客廳裡。方老師一一給我們介紹，「這些都是我的得意門生，七年前我教他們英文時，他們還流著鼻涕呢，現在也都是大學畢業生了，哈哈，日子過得真快啊！」

我們沒注意方老師在說什麼，也沒注意屋子裡還有其他的客人，只是呆呆的望著「白門」。她穿一件淺紅色的旗袍，中間繡著一朵黑色的花，頭髮盤在頭頂上，幾乎和臉一樣高，她的嘴唇塗著口紅，眉毛和眼睛都用眉筆深深的勾過，眼皮上還塗了一層淡藍色發光的油彩。她靠在她父親旁邊——一個比她還矮一寸多的小胖子，五十多歲的光景，頭髮已經脫得差不多，相信是經營一個規模不小的營造廠。

「徐太太、李太太，都是內人的朋友。郭先生，我的大學同學……」方老師今天顯得特別高興，不是嗎，我們也有很多年沒來看他了，今天打開報紙，才知道他的一本著作得到了某項獎金，特別相約來為他道賀，同時也藉此機會大家聚一聚。

「這位是胡先生，現在經營證券行，」方老師指著那個禿頂的矮胖子，後者微微欠身，臉上堆滿了虛偽的笑容，「胡先生在股票上是一帆風順，可惜你們都學理工醫，否則真該向胡先生請教呢。」

現在該輪到介紹「白門」，毫無疑問的，大家的心開始跳了，「這位是……」方老師咳嗽了一聲，似乎是有意的，「胡太太，她和胡先生剛結婚不到三個月……。」

我們坐在客廳裡，除了回答問話以外什麼也沒說，甚至忘了向方老師道賀。方老師興奮的談著他的著作和近來的教書生活，郭先生與那個禿頂的矮胖子不時發出笑聲。「白門」和兩位太太低聲的談話，有一次我們隱隱約約的聽到「白門」說，「……那時候我的手風好，連莊了四次，一把清一色，一把四番牌，怎麼捨得下桌呢，可是凌波的《血手印》還有十分鐘就要開演了，從我們家到國都戲院最少也要……」

雖然方老師一再挽留，我們還是沒有在他家吃晚飯。走出大門，還聽到方老師高聲的說，「這些孩子是長大了，以前到我家來總是弄得天翻地覆，現在一句話也不講了，一句話也不講了……」

# 我的高中生活

剛一跨進大門，我就想，這下子又有三年好日子可以過了。

在我看來，經常逃課偶爾補考是為學一大樂趣，所以深自慶幸考入這所功課鬆，但是聯考成績冠於全省的中學。

高一那年，我們班上的體育先生姓車，生物先生姓馬，國文先生姓包，合稱為「車馬包」。國文先生最不喜歡我，因為第一次作文，題目是「我的志願」，我要作一個科學工作者，借題也把孔夫子罵了一頓。班上許多同學都以「人若無志，就像無舵之舟一樣在大海裡漂蕩」為起始。國文先生第二次上課時說：「貴班可以組織一個航海俱樂部。」說完叫我起來背《四書》，我很坦白的告訴他我不會。他說：「我早就知道你不會背了。」以後他常叫我起來背書，我都背不出。有一次背〈出師表〉，他先叫了四個同學，都是背第四段，所以我也臨陣磨槍，在這時候把第四段背下來。但是當他叫到我，忽然改成第一段，於是我告訴他，我不會背第一段，但是會背第四段。他說這事很奇怪，他教了這麼多年書，從來沒遇到過這種情形。

我在班上不能算是高個子，但我喜歡坐在後面。每個新學期開始排坐位，就和有近視眼的高個子換坐位，先換到最後一排，再換到最旁邊的那個角上。我這樣換是有原因的：第一，天高皇帝遠，我喜歡聽課就聽課，不喜歡聽就在後面看小說、打盹、和鄰居小聲聊天。第二，我可以靠在牆壁上，隨時改換姿勢。高一上我坐在右後角，高一下換到左後角。國文先生第一天來上課，第一句話就說：「現在我要看看各位的面孔，隔了一個寒假，可能有許多同學我都忘記了。」說完向全班掃射，他盯住右後角看了很久，像是在找什麼東西。然後又慢慢由右後角掃到左後角——他終於發現了我。他以一種溫和而親切的聲音說：「不過，有些同學我是永遠不會忘記的。」我向他點點頭，他也向我點點頭。

在所有的科目裡，我對本國歷史最感頭痛，因為在我看來，所有人的名字差不多，而且我很容易把中國的年代和西元攪混。但是有一個年代我記得很清楚，晉穆帝永和十年，西元三五五年，桓溫大破秦兵。前者是我的存車牌號碼，後者是我的蒸便當號碼。很可惜，這個年代從來沒考過。

有一次期考，我很怕歷史不及格。所以帶了一張小抄上考場（也有些同學把重要年代抄在手上，我們分別依各同學之姓名而尊稱為「吳抄手」、「李抄手」、「張抄手」）。結果交卷時慌慌張張的把小抄夾在考卷裡一起交上去。回去以後，遍翻口袋不見，我想，這下子可砸鍋了。寒假裡每天到布告欄去等榜，但是記過的名單公布後，我卻名落孫山。不知是歷史先生大請客，還是那張小抄從考卷裡滑了出來，這一點我一直想不通。

我們在二年級有一個重大的發現，植物園的歷史博物館和國立科學館有許多女學生擔任管理員，於是每天中午吃飯，就三五成群的花一塊錢到那兒參觀藝術品科學儀器。我有一次連去了七天，我的同學連去了二十七天，他說他喜歡藝術品。有一個女學生長得很漂亮，我們每次都問她叫什麼名字，她始終不肯講，我們都很生氣。

我們的導師是一個心地善良的人，他不太拘泥於形式，一再強調學生應該隨其個性發展，這一席話曾經贏得如雷掌聲。他的宿舍就在我們教室旁邊，每次他的女朋友一來，他就把窗戶放下，門關緊，我們發現了，立刻跑過去敲門，在外面喊：「老師，請假，要請假！」

我早上常爬不起來，所以也很少去上朝會，每次記半小時曠課。曠課多了，管理員就要找我去談話。她是一位慈祥和善的女士，常喜歡穿深色的旗袍，我以一種很低沉的聲音告訴她，我每天讀書到深夜，家住得很遠，要轉好幾次公共汽車，所以無法趕上朝會，她聽了很同情，所以我也一直能在這所學校念下去。

我們學校的學生有趕教員的毛病，所以在我高中三年中所遇到的教員，都是臺北市第一流的。但是高三來了一位物理先生，大家卻不滿意。他曾被趕兩次，但是到我們那年趕不掉，因為教務主任把我們壓住了。其實他學問很好，只是口才太差，而且以前一直教初中理化，所以經驗不夠。有一位同學喜歡和他辯論，物理先生不是他對手，上課時常搞得很僵。不久物理先生出國，我們級會討論了很久，決定不了要送他什麼東西。有人提議以剩餘班費請他到鹿鳴春鴨子樓吃一頓，全體級會幹事作陪，不敷之數由物理先生墊付；也有人提議勵行戰時生活，送枝偉佛筆意思意思算了。最後還是決定送他一本字典（這件事意思可大了）。臨行那天班長把字典送上，好辯的同學（後來考上臺大醫科）和一位橄欖球員去看他，向他表示歉意，物理先生連聲說：「這裡環境不太好，環境不太好！」看樣子他在我們班上是吃了不少苦頭。

# 老李的家教

這是老李的第二十個家教了，老李說：「這個家教，我一定把它看作最後一個家教。再教下去，可能我這輩子就只作家教了。」

據說，家教不能敘年資，也不算經歷，老李有點兒悲觀，想到數十年後，自己教過的學生已經成了大經理，而自己可能還要向他求職呢。那時候，要是填履歷片，經歷一欄只能填上「家教二十五年」，豈不可悲？

老李由大一開始任家教，貼補零用錢和伙食費，距今已有六年又四月矣。在此六年四月之中，世事變幻，滄海桑田，白雲蒼狗，真令老李感慨萬千，由金門砲戰我軍戰果輝煌，楊傳廣榮獲十項銀牌，甘迺迪總統遇刺，黑魯雪夫下臺，到大學同學一個一個出國。目前既沒放洋，又沒找到正式工作的，只有老李一個。

老李剛考上大學，就有人介紹他去任家教，教兩個初中生的數學和理化，每星期三次，每月大洋三百。那時候，同班同學能掙到三百的，簡直沒有人。老李神過一陣子，第一次發薪，他請大家看《金玉盟》，全體半票入場，全體被國際戲院那個光頭抓出來，老李馬上掏出錢來補票，大家親切的拍著老李的肩膀，盛讚他夠朋友。這年頭兒，有錢的是大爺。

這個家教維持不了多久，因為幾個月下來，那兩個初中生的成績單還是滿江紅，家長對老李不滿，認為教不嚴，乃師之惰也，老李請辭獲准。

不久，老李又找到第二個家教，那是個深宅大院。老李在報上看到徵家教的啟事，立刻跨上他那輛「什麼地方都響，就是鈴不響，什麼地方都亮，就是燈不亮」的鐵馬，飛奔臨沂街某公館。

老李身上的窮酸氣的確夠重，連狗都聞到了。老李按過門鈴，只聽得狗聲大作，不久有人隔門盤問，搞清楚不是強人或乞丐後，才放他進去。一進去，四隻狼犬張牙舞爪，老李像是基督徒進了羅馬的鬥獸場，心情上是夠悲壯的。

又是兩個初中生，每週三次，月薪五百，比前一個是多拿了三分之二的錢，不過，老李不久就發現情形有點不大對勁兒，這裡家教如家僕，有時女主人在老李口沫橫飛之際叫他拿把椅子，或者是到信箱取一下晚報，以後情形越來越嚴重，連那家的幾個僕人都有點兒欺負他們這位小「同事」，雖然還不至於到了叫老李「斯文掃地」的地方，不過那份白眼兒也真夠難忍受的，況且幾隻狼狗每日虎視眈眈，老李真不知道哪天會作了牠們的午餐。一個月下來，老李落荒而走。

據說家教雖不列入三百六十行之中，但亦肩負兩大艱鉅使命：第一是教化冥頑不悟者，家教必須通曉點金術，能點石成金；第二是為深具雄心的青年學子錦上添花，釋其疑，解其惑，開其竅，而使其登於大學課堂之上。實際上，家教所須具備的條件要高於一般中學教員。因為有些中學教員中學並未畢業，但是任家教的必須有個名牌大專院校作後盾，否則家長不敢聘你；中學教員要是教不好，頂多受點兒委屈，還不至於敲破飯碗，但是家教若教不好，只有走路；許多人總以為功課有問題的學生，才請家教補習，其實也不盡然，比方老李在大二接受的那個家教……

受教者是建中高三的學生，在班上考第二名，人很客氣，相當重師道。老李第一天去，搞清楚了這情形，發現學生對「物理」已經相當精通，教科書上的東西全懂，似乎不必再課外補習了。但是老李本著「有教無類」的觀點，還是接受了教職——教這個第一類的學生，實際上，老李是為了每月四百大鈔的束脩，才狠心的接受這個「不要命」的事情。

老李第二次去，就領略到了「學海無涯」這句古訓。學生提出來的問題，似乎不是一般性的，而是超出教科書本之外的。老李書到用時方恨少，胡裡胡塗的回答，好不容易才混過兩個鐘點。回到家裡，趕快翻出幾本物理書來，事先準備一番，以應付下一次教學或考試。以後每一次上課，老李都是提心弔膽的，學生卻是從容不迫的提出各種難題。每次兩個鐘點一到，老李就像是剛從監獄裡放出來的犯人一樣高興。

這個家教每次授課只有兩小時，但是課前準備卻達四小時之上，而且還得常跑各系館，求教同學「物理學」上尚未被愛因斯坦解出來的問題。

一個月下來，老李已經筋疲力盡，頭上平添白髮三千，他決定以功課太忙為由，辭去這個家教。學生很有禮貌，希望老李隨時來家玩，同時還請老李留下宿舍地址，以後有問題，再去請教他。老李已經是驚弓之鳥了，那還敢留下「後患」，趕快拿著白信封退出來。

那時百元大鈔剛剛發行。老李出了門，走到隱蔽處，把信封打開，掏出四張百元大鈔，望著它們，想到一個月的地獄生活，不覺落下心酸之淚。然後老李立刻趕到衡陽街，到地攤上買一本他憧憬已久的翻譯小說。討價還價搞了半天，才成交。老李掏出一張百元大鈔付現。地攤老闆不敢貿然接受這個他所從未看過的東西。於是拿到對面的商店裡，和老闆娘研究了半天，燈光下照了很久，才決定這不是一張老臺幣。

老李教過的好學生不只這一個。有一次，他教一個中山女中高二學生的代數，那個女學生也是高材生。老李一直未教高中代數，所以忘的也差不多了。第一次去，正好碰到女學生班上教到「或然率」，她把自己不會作的題目拿出來請老李解，當然老李一題也解不出來，他只好說，「很久沒翻大代數了，我拿回去，下次解給你。」

實際上，沒有「下次」了，老李回去把家教介紹給老胡。老胡是數學系的，當然精於此道。事後，老李問老胡，那個女學生對他的「或然率」有什麼觀感。老胡說：「女學生說，『上次那個老師好像忘記了。』」

有些學生容易對付，不太善於拆家庭教師的臺，但是也有些學生，專門喜歡看人受迫的窘態。老李曾經教過一個高二的學生，專補化學。這個學生每週一、三、五到某大補習班去上課，二、四、六接受老李的教化。學生常拿一些補習班裡出的難題請教老李，實際上解答他早已背下。當老李滿頭大汗，低首苦思不已的時候，學生就會以諷刺的口吻說，「老師，不必想了，還是讓我解給你看吧，你看，先拿一滴鹽酸放下去……」於是老李洗耳恭聽。這樣下去，老李不是在教書，而是常處於「被教」狀態。

也有一個讀高二的學生，頭腦不清，但是性情固執，上課時喜歡耍性格，完全以自我為中心。據老李說，「這個學生比馬倫白蘭度還性格。」學生好辯，每個問題都以為他教得不對，老李則以為學生的觀點不對，於是每次上課都要展開辯論。學生雖然學識淺薄，觀念錯誤，但是，滔滔不絕，口若懸河，老李完全招架不住，有時甚至對自己本來正確的觀念，都發生了懷疑。「專上辯論會」開了兩個月宣告結束，事後，老李在裝教授金的信封裡發現一張條子，上面歪歪斜斜的十個大字：「余豈好辯哉，余不得已矣！」

老李也曾教過一個學生，學生家裡每個人都有嗜好。父親是個喜歡畫國畫的老先生。每次去教書，總看到老先生在俯首繪圖，不和人打招呼，也不講話。他特別喜歡畫老虎，但是據老李說，老先生畫的老虎並不像老虎，倒有點像狗。「孩子的媽」是「國際獅子會河東分會」的會員，每天在家裡召開「四健會」。有一次三個太太湊在一起，硬是缺一個牌手，於是邀老李上桌「三娘教子」一番，老李怕白教一個月，連聲婉拒。提起學生本人，那更妙了。學生已經二十二歲，還在念高二，反正家裡有錢，念下去吧！他告訴老李，他在學校裡留了四次級，外號「元老」，同時請老李以後也稱他為「元老」，這樣可增進師生之間的感情。「元老」很夠朋友，從不逼老李，也不問老李問題，上課時只扯扯他在學校裡泡馬子、賭彈子的英雄事蹟。「元老」菸癮奇大，每天要抽一包，同時在父母面前也註過冊了，所以常上課到一半，就對老李說，「李先生，對不起，請停一下，『抽大菸』的時間到了！」「元老」對聽課不感興趣，老李教得也乏味。後來，大家混熟了，老李每次去，只要替「元老」把學校留下的功課作完，就可告辭，至於遲到早退，學生考不及格這些事，那位「畫虎不成」的老先生和「河東獅子會」的太太從不過問，反正大家都免得麻煩。

老李和「小老鼠」那段羅曼史，那是無人不曉的，甚至有一陣子還鬧得滿城風雨，雞犬不寧。「小老鼠」個子小，但是鬼主意卻特別多，老李和她相處一學期，真是受了不少委屈，後來黃正插進來，形成三角關係，黃正外形瀟灑，有「小秦漢」之稱，更令老李煩惱了。「小老鼠」有個表弟，要找家教，於是「小老鼠」介紹老李去。當時老李為了「小老鼠」的面子，不敢談價錢。一個月下來，家長只送了一條領帶和一件香港衫給老李，這未免有點欺人過甚，於是老李以功課忙為由，希望把家教推掉。但是「小老鼠」卻說，「你要不願意教，我就介紹黃正去教好了。」這下子老李可騎虎難下了，只好硬著頭皮教下去。當時老李簡直比維特還煩惱。

老李畢業後，分發到步兵連去任行政官，剛一報到，連長就對他說，「你來了，那很好，從現在開始教我學英文。」於是老李在部隊裡任了九個月教。

退役後，老李找事四處碰壁，高不成，低不就，最後想想，還是先暫時重操舊業算了。於是在報上登了一則小廣告：「家教待聘，×大畢，有經驗，負責任，保升學，不取退費，電×××。」口氣真不小，居然耍起補習班的噱頭了。馬上有人打電話給他，有一位太太一聽他有亞當的聲音，立刻就說，「對不起，我們家的妹妹啊，最害羞，還是請您應別處的約吧！」還有一個女孩子打電話來，自稱是個會計員，想學點英文，請老李第二天早上去。

老李第二天到了那裡，先和女孩子談價錢，女孩子吝嗇得一塌胡塗，同時口口聲聲稱這是「給老師的一點點心費」。老李聽了很不舒服，心裡想，我吃飯都成問題，哪還有功夫去吃這個「點心」呢?所以也沒成功，帶了一肚子怨氣回宿舍。

一回到宿舍，工友立刻告訴他，有小姐打電話，請他任家教。老李非常興奮，午飯也沒吃，就去了。

這位小姐長得很漂亮，大學考了兩年，還沒考上，目前正在保險公司做事，老李很快就把價錢談攏了。但是不到一個月，老李的飯碗砸了，原因很簡單，小姐不能忍受老李的「色相」。但是據老李對我們說，實際上，他是好德如好色的人。

以後老李又接過幾個家教，其間的辛酸，真是不足為外人道。有一次，老李接了個家教，學生家長居然還要他找保人。於是，當老李接到這個家教時，他發誓，是最後一個了。

當我寫到這裡時，電話鈴響了，我一拿起聽筒，就聽到老李大叫，「夏兄，告訴你一個好消息，我又找到兩個家教，一個月薪五百，一個月薪六百，明天走馬上任……」

我想建議教育部，以後每年教師節褒揚資深教員時，家教也加入。

# 生命！生命！

接過電話聽筒，第一句就聽到對方大喝兩聲「生命！生命！」

舞會裡燈光黯淡，人聲低微，一對對慢慢的滑著「勃魯斯」的舞步。突然，燈光大放光明，唱機音量擴大，節奏加速，是一支扭扭舞。於是舞步轉為瘋狂的扭動，笑聲、叫聲、喊聲，皮底黑皮鞋和灰白色磨石子地的摩擦聲，不時還夾雜著兩聲男高音「生命！生命！」

早上接到一封信，信封上赫然兩個大字「生命！」坐在桌子另一邊的副連長困惑的問道，「這是什麼意思？」我無以解釋，只笑笑回答：「很難講，是個特殊的複合詞，也可說是一幅現代繪畫，你認為它是什麼就是什麼！」顯然這個回答並不能令他滿意。

「生命」一詞源自何處，已無從考據，但在我們這一群同學中，此詞卻濫觴於近年十二月的一個星期日。那天天氣是多雲偶雨，風力三級。由早上十點到下午四點，我們在羅斯福路一家撞球房裡消磨了六小時。這段時期若以形容戰事的筆調來說，是「滴水未進，但鬥志極為旺盛。」此役以施兄表現最為出色，戰無不勝，攻無不克，據他說是「球桿上富有生命」，並且「時時感覺他在躍動」。於是一個偉大而動人的術語就此誕生。我們走出彈子房，天在降小雨。幾個人由乾癟的口袋裡湊出兩塊錢來，買「每個二角，一元六個」的「雞蛋丸」充飢。這是期中考後的一個星期，很難描述當時的心境。

一星期內，「生命」由臺北帶到臺南，又由臺南帶到臺中。而自此開始，「生命」的意義也就日益廣泛，諸如彈子、女孩子、音樂、舞會、橄欖球、一首惠特曼的詩、報紙副刊上的一篇文章、一部高級電影等等。不論生物或非生物，只要富有朝氣和特殊氣質，和我們生活圈接近的，一概賦予生命。

有一次，一位同學參加某中國小姐的巨型生日舞會。與會者概以大卡車接送，場面頗為壯觀，並有十數位中姐蒞臨增光。事後據他寫信道：「以江小姐的生命力最強。」又有一次，大概是元旦後的第二天，報紙上刊出一條不為人注意的新聞，我們看來卻別具意義。那條新聞大概是說，元旦當天，本市又增添了四十多條「小生命」。

軍人視武器為第二生命，學者視書本為第二生命，賭徒「視賭如命」，商賈則「視錢如命」，更有許多「一代情侶」認為「生命誠可貴，愛情價更高」。所以已逝的名歌星尊尼．荷頓（Johnny Horton），在他最出名的一首歌中有一段：

> 生命曾是如此的甜蜜，親愛的，生命曾是一支歌，
> 但現在你離我而去，我將何所隸屬呢？

當然也有些人把有形的生命奉為無上至寶，寧可拋棄名譽、金錢、地位、愛情等等，也不願把自己的一條小命送掉，他們會說：「好死不如賴活。」

叔本華認為生命是由「生存意志」（Will to Live）來維繫，但是尼采卻說：「生命，最好的解釋型式，是集聚『權力意志』（Will to power）——它是任何事物的目的，不在苟存，而在進取增強。生命本質乃是追求更多的力。」在曠世巨著《查拉圖斯特拉如是說》（或譯《蘇魯之語錄》）一書中，尼采又說：「生命的估價比生命本身更貴重，但在這估價中指出——權力意志。」這裡所指的權力，當然是指創造力而言。

這位創肇「超人哲學」的大師，對下一代抱有無限希望。他認為婚姻的目的，不只在繁衍子孫，更要創造出優於上一代的小生命，所以「生命的目的在創造宇宙繼起的生命」。

我們這一群並未迷失，也不標榜虛偽，只是在枯燥繁碌的大學理工課程之外，追求一些生活上、藝術上的美與力，使生命更富有彩色。每個寒暑假，到了晚間，大家聚集在C君家的小閣樓上（這地方被謔稱為Room at Top，是《金屋淚》的原名），聽著華格納的歌劇，彈著吉他，討論史坦貝克或海明威小說裡的象徵手法，或是談談各人所學的東西以及這一系以後的出路。有時興起，擺上一張熱門音樂的唱片，脫下衣服，來個「男對男」的舞會。夜深了，魚貫下樓，到夜市上小吃一頓，然後踏著星光回家，等待迎接明天。可愛的日子慢慢過去，假期終了，各人再回到自己的學校去上課。

今年夏天，閣樓上的「高階層會議」沒有繼續進行，我們由各地學校集中到臺北，又由臺北分散到全省各地或金門的陸軍野戰部隊中。這一年，我們把自己充沛的生命力和對生活的熱忱貢獻給陸軍，同時也在野戰部隊中發現了一個憧憬已久的生命型態——戰鬥的生命。

當下一個夏日蒞臨時，這批往日暢談「生命」的朋友是否能再度聚集在小閣樓上，沒有人敢預料。但是不管走到世界任何一個角落，我們仍然會懷念著昔日的歡笑，而對「生命」的熱情更為加深。

# 巧妙的一顆星

人看生命如此深，亦看痛苦如此深。——尼采

余世衡由餃子店出來，街燈正好大放光明。他一邊走，一邊瀏覽著兩邊商店的耶誕景色。看看錶，才五點多，還有一個多鐘頭，該怎麼消磨呢？還是軋軋馬路算了。

經過一家堆滿聖誕卡、五彩花燈、小銀鈴的商店，余世衡突然想到該進去買點東西，就算是送給振凌的應節禮物，但繼而一想，還是不買的好，搞得俗裡俗氣的，一定讓振凌討厭。

走到法院門口，抬頭一望，啊！六點四十分。余世衡不禁感到一陣喜悅和激動，還有二十分鐘，他就要和振凌見面。他們已經有整整四年沒見過面，也沒通過信了，不是嗎？那年服完兵役，振凌寫信告訴他，他準備到東部山區去就職，以後就再也沒他的消

息了。余世衡曾經寫過兩封信給他，都被退回來。世衡不怪他，他們在大學裡共處三年，振凌的性格，世衡是很清楚的。他冷靜、寡言，永遠和朋友保持一段距離。但是振凌越是冷淡，越讓人喜歡他。

街上人不多，世衡想，現在舞會還沒開始，那些女孩子都該在家裡化妝。他對女孩子很清楚，以前，他常在女生宿舍門口站崗，對於她們化妝多久，遲到多久，他都很清楚。一般聖誕舞會在八點半開始，男孩子大約需要等半小時，然後叫車子，九點十分，他們開始向舞會「運動」。（這個詞兒是他從部隊裡學來的）

有一次，世衡記得，他約了動物系那個「類人猿科動物」，「類人猿」小姐讓他等了一個小時又十七分鐘，結果舞會只玩了一個小時又二十一分鐘，「類人猿」就說要回去了。由學校到圓山附近的舞會，來回計程車花七十二塊，舞票一百塊，加起來正好是一個星期伙食費，什麼玩意兒嘛，最長的等待，最短的舞會，「類人猿」醜人多做怪，希望她這輩子找不到丈夫。

余世衡走進彈子房，振凌還沒來，他找了張椅子坐下。

彈子房裡四張檯子，只有一張有人，大概時間太早，球客剛吃完飯，還沒向這裡「運動」。幾個彈子小姐閒坐在那兒，長得奇醜，每人手裡拿著一本歌本，收音機裡呼喊著：「無論好天還是下雨天，你要對我約束，咱們就快去，看電影，喝咖啡，不要忘記啊，心心相愛又相愛……」夠了，夠了，今天是聖誕夜啊！還是關掉算了。

那兩個球客一邊打，一邊咯咯亂笑，打得一塌胡塗，看樣子，沒有二十五分鐘，是打不完一盤的，世衡實在懶得看了。他掏出明信片，那是振凌寫來的，寥寥數字：「我已回臺北，聖誕夜七點在老地方見面，振凌草。」字體還是老樣子，世衡喜歡他那股瀟灑勁兒。這年頭兒，瀟灑的人不多了，尤其踏入社會，更覺得庸俗和虛偽的氾濫，著實到了可怕的程度。

振凌七點十分步入彈子房，余世衡站起來和他握握手。振凌還是老樣子，衣服穿得很合身，頭髮鬆鬆的掛在額前，瀟灑，和他的字一樣。余世衡相信，瀟灑是與生俱來的，沒有這股勁兒的，想學都學不來，比方動物系那個「類人猿」……

計分小姐把色球擺上位置，振凌揮了揮手，「等一下。」

他們倆坐下，振凌掏出香菸來。世衡發現振凌穿著西裝上衣，但沒有打領帶，老樣子，他們從來不打領帶的。

「這幾年一直沒有你的消息，在哪兒得意？」世衡問。

「到處跑，」把香菸由鼻子裡噴出來，「從來沒入本行找工作。你呢？」

「小貿易行裡混口飯吃，推銷化學品，生意好可以拿點兒佣金，混得過去就算了。」

由彈子房的窗戶望出去，可以看到對面那家商店二樓透出暗紅的燈光，商店門口有幾個西裝筆挺的小夥子站在一堆，顯然是個家庭舞會。

「我倒忘了，今天是聖誕夜，你沒找個伴兒跳舞？」振凌問他，滿不在乎的神情。

「找不到合適的，找到也不見得有興趣。」

這句話是真的。有時候世衡覺得奇怪，在學校裡對女孩子怎麼會有那麼大的癮頭兒，幾乎每次舞會他都到，每年暑假他都報名參加新生服務。畢業以後，事業、麵包、前途的問題接踵而來，幾年的折磨、壓軋之下，他對一切都失掉了興趣——不過他不感到寂寞，因為有彈子檯陪著他。

提起了彈子檯，世衡想起他和振凌初次相遇的情形。那天晚上，他走進學校對面小巷子的球店，發現一張檯子四周圍滿了人。一個身材修長頭髮鬈曲的人，正和數學系的「羅宋趙」大戰。「羅宋趙」號稱理學院球王，最近一年幾乎沒遇到什麼敵手，平常打球時亂喊亂叫，一個勁兒的挖苦對手，氣勢很盛。今天「羅宋趙」似乎有點走樣兒，肥闊的頭額上淌滿了汗珠，臉色有點兒發青，一句話也不講。鬈髮長得很帥，世衡記得他曾在文學院大樓看過他。

「羅宋趙」順序吃下了兩分、三分、四分、五分四隻色球，六分沒打進，掏出手帕擦擦汗。「羅宋趙」已經領先十分。鬈髮不慌不忙的把球桿頭套進粉殼裡擦了擦，然後順利的把六分球打入底袋，現在只剩下一隻七分黑球停在靠底邊一英寸的綠絨布上，白色的主球和它成垂直底邊的直線。

「安全球，你打不下去！」

「羅宋趙」雖然有點兒著急，自我安慰的向鬈髮高叫一聲。

鬈髮微微的笑了笑，帶著諷刺和輕蔑的意味。他舉起桿，兩眼注意的瞄著球，四周一片寂靜。鬈髮的桿對準白球右半邊，來回晃了三下，然後輕輕的送出去，白球撞到黑球，黑球撞到檯邊，反彈回來，慢慢滑過綠絨布，然後落入底袋。

「啊！巧妙的一顆星！」世衡不禁叫出來。

球房裡漸漸人多了。世衡站起來。「來兩桿兒吧？」

「好，我讓你多少分？」振凌說。

「老樣子，還是三十五分。」

振凌開了球，白球撞了兩次檯邊，回到咖啡色的四分後邊，而那堆紅球仍然保持著三角形聚集。「美妙的開球」，世衡心想。

闊別四年，振凌的球似乎毫無退步，那根桿子在他拇指和食指擠成的溝槽間滑動，好像桿上有生命一樣。他在腰袋打下一隻藍球，又在底袋吃了兩隻黑球。紅球只打下七個，兩個人的分數就拉近了。

余世衡的球技不算差，平常和別人打，掏腰包的時候很少。就以這家球店來說吧，余世衡難得遇見一個對手，有時他打一晚上頂多輸一盤。可是在振凌面前，他就顯得笨拙了。振凌每桿都要打下十幾分或者幾十分，而且每打完一個球，主球一定滑到下一個射擊位置。世衡只是祈望把球打進去就算了，根本沒有作球的自信。若以打麻將來比方，振凌是專門作大牌的高級賭棍，世衡只不過是小兒科。

有時候世衡很奇怪，自己在彈子房裡消磨的時間也不少，但是就是比不上振凌。也許振凌在這方面有天才。振凌在任何一方面都有天才，他從來不看書，但是考試前幾天把別人的筆記借來看一遍，就能記住；他不喜歡參加社團活動，但是只要事情一振到他頭上，他就能圓圓滿滿的把它完成。他不去追女孩子，但是常有女同學找機會和他談話；振凌不常去上課，但是教授並不討厭他，振凌真是有福氣。

大二那年，世衡記得，「無機化學」的教授一開始就說過，「我這一學期就點一次名，不一定在那節課點，不過被點到沒有來的同學，請其他同學轉告他，以後也不必再來了。」全班同學把「無機化學」那小老頭兒恨死了，可是又不敢不去上課，所以每節客滿。只有振凌，他從來不來上課，據同學說，振凌是高一班的，很少到系館來上課，大部分的時間都花在文學院的課堂上，還有彈子房裡。沒有人了解他為什麼要念化學，也沒有人知道他究竟對什麼有興趣。「無機老頭兒」在聖誕節早上第一節點名，這是他一學期唯一的一次點名，也是振凌所上的唯一的一節「無機化學」課，算得真準，全班的同學都佩服他。

世衡贏了一盤，卻輸了六盤。看樣子不是自己進步的太少，就是振凌進步的太多。

「算了，讓三十五分你贏不了我的，還是讓四十五分吧！」振凌說。

彈子房裡人越來越多，大概都不想過聖誕節的。對面舞會已經開始，佩蒂蓓琪的〈田納西華爾滋〉由街那邊飄過來。

兩個穿AB褲的小太保在第一檯打球，一邊打，嘴裡一邊隨著哼〈田納西華爾滋〉，不成調兒，簡簡單單的幾個英文字也咬不清，大概是野雞中學的鬼學生，世衡想。

「你現在還常跳舞嗎？」振淩說，順手切入一個紅球，白球滾到六分和七分的中間。

「很少跳，你呢？說句老實話，這幾年你一直在哪裡？」

「告訴過你了，到處跑，」振淩停了一下，把橙色的六分打入底袋，白球拉回來，然後又補上一句，「到處打彈子。」

「有沒有想到結婚？」

「可笑的問題。」

說句實話，振淩在學校裡也交過一個女朋友，那女孩兒外號叫「第四號水蜜桃」，身材適中，高高的鼻子，小小的嘴兒，笑起來和農學院實驗的「第四號水蜜桃」一樣甜。「第四號」家裡有錢，功課好，是學校裡的大目標之一，但是沒有人追得上，有人說能追上「第四號」，相當於連中三次第一特獎，或然率近似零。大四那年，振淩連中了三次特獎。

振淩追上「第四號」，沒有人不服氣，振淩的個性是女孩最喜歡的一種。聽說還是「第四號」主動和振淩交朋友的。「第四號」對振淩相當好，每天下了課就在圖書館占兩個位子，然後安安靜靜的坐在那兒看書，等振淩來。振淩卻常常在學校對面的彈子房打球，有時圖書館關門時間到了，「第四號」旁邊的位子還是空的。

畢業前兩個月，「第四號」得到威斯康辛大學的獎學金。振凌至少還要服役一年。「第四號」為了等振凌，居然接受學校的助教位置，真是夠偉大，哪個同學不羨慕振凌。

服役完了，振凌並沒有出國打算，甚至根本沒有申請學校。「第四號」很難過，但是她不能再等下去了，於是在炎熱的八月飛往美國。臨行前，一再叮寧振凌在近期之內申請學校。「第四號」走那天，振凌沒有到機場去送她。一個月後，他到東部山區的一個研究機構就職。

振凌打彈子似乎從來不累的，看他一個接一個的把那些花花綠綠的象牙球打下袋，又一個接一個的掏出來。生命！生命！振凌的生命就在那根球桿上。世衡忽然想到《魂斷太陽下》那個背吉他、玩彈簧刀的流浪漢。那人把撲克牌看得比生命更重要，他和每一個他所遇見的人玩牌。

余世衡有點兒累了，香菸抽得太多，並不能提醒精神，只是覺得更頭暈。計分小姐的小黑板左邊，密密麻麻的寫了一片時間數字，看起來像在打字機鍵盤上跳動的手指。

計分小姐又打開收音機，帕伐洛蒂的聖誕歌曲流出來，像是滾滾黃河流入大海。世衡心裡有一種難以形容的感覺，玫瑰的日子，回憶的殘片，小花叢下的擁抱，回轉追逐的舞步……

振凌依然冷靜的瞄射象牙球。這個世界與他隔閡太深了，他對什麼都漠不關心。「第四號水蜜桃」，舞會，球場上的吶喊，「高等微積分」課堂上口沫橫飛的教授，振凌從來不去費心注意過。

「振凌，東部山區那段生活有意思嗎？」世衡問他。

「我曾經想像查拉圖斯特拉一樣走入山林，」振凌掏出一枝香菸，把它點燃，「但是失敗了。」

振凌說完話，繼續打他的球。世衡很想和他聊聊，以前，世衡一直想和他聊聊，多了解一些他，可是世衡似乎永遠沒有這種機會。

空氣有點兒沉悶，沉悶得令人可怕，維繫在他們兩個之間的，只有那堆散滿在綠絨布上的球。

穿AB褲的小太保放下球桿，過來洗手，和轉過球檯準備打一隻綠球的振凌正好撞著。小太保怒目瞪著振凌，振凌毫不理會，繼續瞄那隻球。

「振凌，」世衡欲言又止，他真不知還該不該問他。

「講吧。」仍然注意著球。

「第四號好嗎？」

「大概還不錯吧？」

「難道你沒跟她保持聯絡？」

振凌放下球桿，笑著望著世衡，笑裡包含著神祕、諷刺和狡黠。兩人相視了一會兒。振凌又提起球桿，把檯上最後一隻紅球推入腰袋，然後在底袋打下一隻黑球。桌面上的六隻色球靜靜的躺在那兒。

振凌俯下身來瞄射與左腰袋成四十五度的黃球。桿子晃了晃，振凌停住，像是在計畫怎樣作下一個綠球。他再提起桿子，瞄了瞄，忽然又停住。振凌抬起頭來，慢慢對世衡說，「告訴你一個祕密，我從來沒愛上過『第四號』。」

世衡毫無表情的站在那兒，他不知該說什麼好，也許最好什麼也別說。

振凌打下綠色的三分，擦球的左邊把咖啡色的四分切入腰袋，白球正好撞出貼在底線的藍球。他拾起粉殼，擦了擦桿頭，把殘餘的粉屑吹掉。藍球被打出後，在袋口晃了晃，然後落下去。白球正好停在橙色的六分球和底袋延長線上。振凌狠狠的把它打下去。

現在只剩下最後的一隻七分黑球了，離檯邊一寸半。白球停在和黑球成垂直底邊的直線上。

「安全球。」世衡說。說完忽然想起「羅宋趙」和振凌的大戰。

振凌瞄了瞄，迅速的出桿，白球撞到黑球，黑球撞到檯邊，白球彈回來，滑入另一端的底袋。

「啊！巧妙的一顆星！」世衡喊道。壁上的掛鐘這時敲出十二響，街對面的紅窗戶傳出〈平安夜〉的合唱。

【後記】

# 奧米茄*——從《白門再見》到《最後的一隻紅頭烏鴉》

這本書前由「純文學出版社」出版，書名是《最後的一隻紅頭烏鴉》。「純文學」宣布停止營業，改由「九歌出版社」出版，書名改為《白門再見》；現在由「聯合文學出版社」出版，沿用原名。原因要讀者揣摩，許多問題的答案是開放性。

《最後的一隻紅頭烏鴉》出版後，曾在《聯合報》「質的排行榜」高居四個月之久，但是一共只銷了一版。我的第一個，也是唯一的長篇小說《夏獵》由「純文學」、「九歌」、「聯合文學」及北京「人民文學」四出版社共同出版。得到民國八十二年的「國家文藝獎」，也是加起來只銷了不到十版。大概書的品質和行銷量成反比。

這本書前五篇與後五篇的創作時間隔了二十五年，也就是這二十五年中我沒寫過一篇散文或小說。但是發表了許多工程論文及報告，也在一個美國留學生保釣運動的非右翼刊物上，寫一些政治性文字。人生的際遇常是捉摸不定。

順便一提，〈白門，再見！〉發表在孫如陵（仲父）先生主編的《中央日報》副刊上，那時我二十二歲。先慈主編了十年的《聯合報》副刊，也就是有名的「林海音時代」，為什麼當時沒把此文投給聯副，卻也記不得了。刊出後我即出國留學，中副轉來許多讀者來信，幾乎全是女孩子寫的，我都沒回，說不定有些長得還不錯。

有些導演及製片與我討論將〈白門，再見！〉拍攝為電影。至今仍在搖擺，主要是募款問題。如今改由「聯合文學」出版，希望時來運轉。

〈獵戶之星〉幾乎拍成電影，另一本得一九九三年「國家文藝獎」的長篇小說《夏獵》也曾被考慮拍電影或連續劇。有人說，能拍電影的小說很多，無法料定那一部被選中。反正，拍得成，我運；拍不成，我命。

有時，我會往後看，因為那是人生的一部分，有許多事是不會磨滅的。

*「奧米茄」Omega，是最後一個希臘字母。

國家圖書館出版品預行編目資料

白門再見 / 夏烈著 . -- 初版 . -- 臺北市 :
聯合文學出版社股份有限公司 , 2023.07
264 面 ; 14.8×21 公分 . --（聯合文叢 ; 732）

ISBN 978-986-323-548-4（平裝）

863.57　　112010496

聯合文叢 732

# 白門再見

作　　者／夏　烈（夏祖焯）
發 行 人／張寶琴
總 編 輯／周昭翡
主　　編／蕭仁豪
編　　輯／林劭璜　王譽潤
資深美編／戴榮芝
業務部總經理／李文吉
發行助理／林昇儒
財 務 部／趙玉瑩　韋秀英
人事行政組／李懷瑩
版權管理／蕭仁豪
法律顧問／理律法律事務所
陳長文律師、蔣大中律師
出 版 者／聯合文學出版社股份有限公司
地　　址／(110)臺北市基隆路一段 178 號 10 樓
電　　話／(02)27666759 轉 5107
傳　　真／(02)27567914
郵撥帳號／17623526 聯合文學出版社股份有限公司
登 記 證／行政院新聞局局版臺業字第 6109 號
網　　址／http://unitas.udngroup.com.tw
E-mail:unitas@udngroup.com.tw
印 刷 廠／沐春行銷創意有限公司
總 經 銷／聯合發行股份有限公司
地　　址／(231)新北市新店區寶橋路235巷6弄6號2樓
電　　話／(02)29178022

出版日期／2023 年 7 月　初版
定　　價／360 元



ISBN 978-986-323-548-4（平裝）